LAS PENAS DEL JOVEN WERTHER

Austral Singular

GOETHE
LAS PENAS DEL JOVEN WERTHER

Traducción
Berta Vias Mahou

ESPASA

Obra editada en colaboración con Editorial Planeta – España

Título original: *Die Leiden des jungen Werther*

© 2000, Traducción: Berta Vias Mahou
Diseño de la colección: Austral / Área Editorial Grupo Planeta
Ilustración de la portada: Shutterstock

© 2000, Editorial Planeta, S. A.- Barcelona, España

Derechos reservados

© 2023, Editorial Planeta Mexicana, S.A. de C.V.
Bajo el sello editorial AUSTRAL M.R.
Avenida Presidente Masarik núm. 111,
Piso 2, Polanco V Sección, Miguel Hidalgo
C.P. 11560, Ciudad de México
www.planetadelibros.com.mx

Primera edición impresa en España en Austral: marzo de 2023
ISBN: 978-84-670-6907-5

Primera edición impresa en México en Austral: octubre de 2023
ISBN: 978-607-39-0641-8

Impreso en los talleres de Impresora Tauro, S.A. de C.V.
Av. Año de Juárez 343, Col. Granjas San Antonio,
Iztapalapa, C.P. 09070, Ciudad de México
Impreso y hecho en México / *Printed in Mexico*

Biografía

Johann Wolfgang von Goethe (Frankfurt, 1749 - Weimar, 1832) es uno de los escritores más importantes de la literatura alemana de todos los tiempos. Gran referente para los escritores de su tiempo, Goethe fue, además de poeta, dramaturgo, novelista, historiador, científico y político. Entre sus obras más representativas se encuentran las novelas *Las penas del joven Werther* y *Las afinidades electivas*, la obra autobiográfica *Poesía y verdad* y, por supuesto, *Fausto*, drama en verso cuya segunda parte fue publicada póstumamente. Goethe profundiza en su obra en una nueva idea de las relaciones entre el hombre y la naturaleza y plantea un exhaustivo razonamiento sobre la individualidad humana.

ÍNDICE

Nuestra edición 9

LAS PENAS DEL JOVEN WERTHER

Primera parte 15
Segunda parte 73
Del editor al lector 109

NUESTRA EDICIÓN

El texto que reproducimos en la presente edición se corresponde con el de la traducción de Berta Vias Mahou publicada en la colección Austral en el año 2000. Siempre que no se indique lo contrario, las notas son de Miguel Salmerón Infante.

LAS PENAS DEL JOVEN
WERTHER

He reunido con tesón cuanto he podido averiguar acerca de la historia del pobre Werther, y aquí os lo presento, sabiendo que me lo habréis de agradecer. No podréis negar a su espíritu y a su carácter vuestra admiración y vuestro afecto, ni a su destino vuestras lágrimas.

Y tú, alma buena, que como él sientes el mismo afán, saca consuelo de sus penas, y, si por tu sino o por tu culpa no puedes encontrar otro más cercano, deja que este librito sea tu amigo.

PRIMERA PARTE

¡Cuánto me alegro de haberme ido! Mi querido amigo, ¡cómo es el corazón del hombre! Abandonarte a ti, a quien tanto quiero, de quien era inseparable... ¡Y estar contento! Lo sé: me lo perdonas. ¿Acaso el resto de mis relaciones, tan bien escogidas por el destino, eran como para atemorizar a un corazón como el mío? ¡La pobre Leonor [1]! Y sin embargo, yo no tuve la culpa. ¡Qué podía yo hacer, si, mientras los caprichosos encantos de su hermana me proporcionaban un agradable entretenimiento, una pasión se formaba en aquella pobre alma! Y sin embargo... ¿Soy del todo inocente? ¿No alimenté sus emociones? ¿No me he divertido yo mismo con las expresiones tan sinceras de aquel carácter, aquellas que tan a menudo nos hicieron reír y que tan poco risibles eran? ¿Y no he...? ¡Ah, cómo es el ser humano, que tenga que lamentarse de sí mismo! Quiero, querido amigo, te lo prometo, quiero enmendarme, no quiero, tal y como he hecho siempre, andar ru-

---

[1] La desconocida Leonor es una más que posible referencia a Friederike Brion, hija del pastor de Sesenheim, a la que Goethe conoció en octubre de 1770 y con quien estuvo prometido entre noviembre de dicho año y agosto del siguiente. Es muy propio de una concepción de amor tan «virtual», es decir, tan ceñida al ámbito de la representación como el de Werther o el del joven Goethe, sufrir y hacer sufrir alternativamente.

miando esa pizca de mal que el destino nos depara, quiero gozar del presente, y que el pasado, pasado esté. Es cierto, tienes razón, querido amigo: las aflicciones de los hombres serían menores, si no se empeñaran —¡y Dios sabrá por qué los ha hecho así!— en rememorar con tanto afán los males pasados, en lugar de soportar un presente que les resulta indiferente.

Sé tan amable de decirle a mi madre que me ocuparé de sus asuntos de la mejor manera posible y que la informaré sobre ello en breve. He hablado con mi tía, y no he hallado en ella ni de lejos la mala mujer que de ella se hacía en nuestra casa. Es una mujer alegre y decidida, con un gran corazón. Le aclaré las reclamaciones de mi madre sobre la parte de la herencia que le ha sido retenida. Ella me expuso sus motivos, sus razones, y las condiciones bajo las que estaría dispuesta a renunciar a todo, más de lo que nosotros pretendíamos... En fin, no quiero escribir más sobre ello. Dile a mi madre que todo se arreglará. Y al ocuparme de este pequeño asunto, querido amigo, nuevamente he comprobado que cualquier malentendido o negligencia causa tal vez mayores equívocos en el mundo que la astucia y la maldad. Al menos, estas últimas son sin duda menos frecuentes.

Por otra parte, aquí me encuentro muy bien. La soledad, en medio de este entorno paradisíaco, es para mi corazón un bálsamo magnífico, y esta joven estación del año alienta de lleno mi corazón, tan a menudo estremecido. Cada árbol, cada mata, es un ramillete en flor, y uno quisiera ser un abejorro [2] para revolotear en ese mar de fragancias y poder encontrar ahí dentro todo su alimento.

---

[2] En otras versiones, el traductor, con la intención de preservar el tono poético del pasaje, ha optado por traducir el término «Maikäfer» como «mariposa». Sin embargo, la imagen elegida aquí por Werther y por tanto por el propio Goethe es la de un coleóptero común, *Melolontha vulgaris,* conocido por los estragos que causan sus larvas. Se trata de insectos pesados, por lo común de color rojo, con los élitros más claros, fitófagos y crepusculares. *(N. de la T.)*

La ciudad, en sí, es desagradable, pero está rodeada en cambio por una naturaleza de una belleza inenarrable. Esto movió al conde de M a construir un jardín[3] sobre una de las colinas que, cruzándose entre sí con la más bella de las variedades, forman los más hermosos valles. El jardín es sencillo, y ya al entrar se nota que no ha sido proyectado por un jardinero con conocimientos científicos, sino por un alma sensible que allí quería gozar. Derramé algunas lágrimas por el difunto en el pequeño cenador en ruinas, el que fue su lugar predilecto, y que también es el mío. Pronto seré dueño y señor del jardín. El jardinero me ha tomado afecto en este par de días, así que no le ha de parecer mal.

10 de mayo

Una maravillosa serenidad se ha apoderado de toda mi alma, parecida a las dulces mañanas de primavera, de las que gozo con todo mi corazón. Estoy solo, y me alegro de vivir en una comarca como ésta, creada para almas como la mía. Soy tan feliz, querido amigo, estoy tan sumido en el disfrute de esta tranquila existencia, que mi arte se resiente. Ahora no podría dibujar, ni una sola línea, y nunca he sido tan gran pintor como en este momento[4]. Cuando el ameno valle exhala su

---

[3] Éste es de estilo inglés y no francés, es decir se trata de un jardín más salvaje e imitativo de la naturaleza que el continental, lleno de setos, parterres y fuentes. La contraposición entre arte y naturaleza, entre naturaleza salvaje o civilizada es un tema recurrente en la obra de Goethe (véase, por ejemplo, *Las afinidades electivas*). *(N. de la T.)*

[4] ¡Profesión de fe del diletantismo más descarado y vergonzante! En la escena IV de *Emilia Galotti* de Lessing (libro que está abierto en el momento en el que Werther se quita la vida) se dice algo parecido: «Pues de aquello deduzco, más que de esto, que soy un gran pintor, aunque mi mano no lo sea siempre». Sin embargo el sentido es muy diferente, pues el pintor Conti expresa en esta frase su orgullo por tener facultad de juicio estético y calibrar con precisión sus errores y aciertos en la ejecución artística, algo de lo que está bien lejos el botarate de Werther.

vapor en torno a mí, y el sol en su cenit reposa sobre la superficie de la impenetrable oscuridad de mi bosque, y sólo algunos rayos se internan en el íntimo santuario, me recuesto sobre la alta hierba, junto al arroyo moribundo y al acercarme a la tierra percibo miles de hierbecillas diferentes; cuando siento más cerca de mi corazón el hormigueo de ese pequeño mundo entre las cañas, las incontables, insondables siluetas de los gusanillos, de los mosquitos, y siento la presencia del Todopoderoso que nos creó a su imagen y semejanza, el hálito de sumo amor que, suspendidos en eterno goce, nos sostiene y sustenta; amigo mío, cuando entonces oscurece en torno a mis ojos, y el mundo a mi alrededor y el cielo descansan por completo en mi alma como la imagen de la amada, entonces a menudo siento nostalgia y pienso: ah, si lo que tan plena, tan ardientemente, vive en tu interior pudieras expresarlo, si pudieras insuflarlo en el papel, de modo que fuera el espejo de tu alma, tal y como tu alma es el espejo del infinito Dios... Amigo mío... Pero no lo consigo, sucumbo al poder de la grandeza de estas visiones [5].

12 de mayo

No sé si sobre esta comarca se ciernen unos espíritus burlones o si la cálida fantasía celestial se ha colado en mi alma, haciendo que todo lo que me rodea me parezca paradisíaco. Aquí, justo a la entrada de este lugar, hay una fuente, una fuente que me tiene fascinado como aquella otra a Melusina [6] y sus hermanas. Bajando una pequeña loma, te encuentras con una bóveda subterránea, a la que se accede por unos veinte escalones, y allí abajo, de unas rocas de mármol, mana el agua más cristalina. El pequeño muro que rodea el recinto por la

---

[5]   El tono de esta carta a Wilhelm concuerda perfectamente con el convulso espíritu del *Sturm und Drang*.

[6]   Ninfa marina virgen que fascinaba a Goethe, pues emplea su figura en muchos momentos de su obra.

parte superior, los grandes árboles que cubren el lugar en su
derredor, la frescura del paraje, todo ello tiene algo insinuante,
algo estremecedor. No pasa un solo día sin que me siente allí
durante una hora. Entonces llegan las muchachas de la ciudad
y cogen agua, la más inocente de las ocupaciones y la más necesaria, de la que en otro tiempo hasta las hijas de los reyes se
ocupaban.

Cuando estoy allí sentado, la idea de una época patriarcal[7]
revive en mí de una manera tan vívida como si todos los patriarcas entablaran amistad y galantearan junto a la fuente, y
como si en torno a los pozos y fuentes flotaran espíritus bien-
hechores. Ah, quien no se haya solazado con el frescor de una
fuente tras una pesada caminata en un día de estío, no podrá
comprenderlo.

13 de mayo

¿Me preguntas si debes enviarme mis libros? Querido
amigo, te lo pido por Dios, mantenlos fuera de mi vista. No
quiero que me dirijan, que me estimulen, ni que que me enar-
dezcan más. Este corazón ya se excita bastante por sí solo.
Necesito una canción de cuna, y la he encontrado con toda
plenitud en mi Homero[8]. ¡Cuán a menudo arrullo mi sangre
enardecida para que se calme! Pues no has visto nada tan inconstante, tan impaciente como este corazón. ¡Querido! ¿Necesito decírtelo a ti, a ti que tan a menudo has soportado la
carga de tener que verme pasar de la aflicción al exceso, y de

---

[7]   Para Goethe, profundo conocedor de la Biblia, los patriarcas eran figuras imponentes por su cercanía a Dios mucho más continua y viva que la de
los profetas.
[8]   Para Werther, Homero es lo sencillo, lo patriarcal, lo no reflexivo, pero
siempre desde el punto de vista sentimental e intimista que observa «lo patriarcal» como algo fascinante pero inalcanzable. No en balde, el melancólico Ossian acaba sustituyendo al animoso Homero.

una dulce melancolía a una perniciosa pasión? También yo trato mi corazoncito[9] como si fuera un niño enfermo: todos sus deseos le son concedidos. No se lo digas a nadie. Hay quienes me lo tomarían a mal.

15 de mayo

Las gentes sencillas del lugar ya me conocen, y me quieren, en especial los niños. He hecho una triste observación. Cuando al principio me acercaba a ellos y les preguntaba amistosamente sobre esto y aquello, algunos creyeron que quería burlarme de ellos, de modo que me despachaban muy groseramente. No dejé que esto me contrariara, únicamente sentí de la manera más viva lo que ya a menudo había observado. Las personas de cierta clase siempre se mantendrán a una fría distancia del pueblo llano, como si creyeran que acercándose a ellos perderían algo. Y además están los superficiales y los graciosos, que parecen condescender para que así el pobre pueblo sienta aún más su arrogancia.

Sé bien que no somos iguales, ni podemos serlo. Pero considero que aquel que cree que es necesario distanciarse de la llamada plebe para que se le siga teniendo respeto, es tan reprochable como un cobarde que se esconde de su enemigo, porque teme ser derrotado.

Hace poco fui a la fuente y encontré a una joven criada que, habiendo colocado su cántaro en la parte más baja de la escalera, miraba en torno a ver si venía alguna de sus compañeras que la ayudara a ponérselo en la cabeza. Bajé y la miré. ¿Puedo ayudarla, joven?, le dije. Se puso cada vez más roja. ¡Oh no, señor!, me contestó. No es molestia. Se colocó el rodete derecho, y yo la ayudé. Me dio las gracias y subió.

---

[9] Diminutivo por medio del cual Werther trata de rebajar el tono dramático del resto del pasaje. *(N. de la T.)*

17 de mayo

Tengo aquí todo tipo de conocidos, pero aún no he encontrado compañía. No sé qué puedo tener de atractivo para mis semejantes. Hay tantos que me aprecian y que me tienen apego. Y entonces me apena que nuestros caminos sólo se unan en tan breve trecho. Si me preguntas cómo es aquí la gente, debo decirte que como en todas partes. El género humano es siempre el mismo. Los más se afanan la mayor parte del tiempo en vivir, y el poco de libertad que les queda, les asusta de tal forma que a toda costa buscan un medio para librarse de ella. ¡Ah, la disposición de los hombres!

Sin embargo, es muy buena gente. Cuando algunas veces me olvido y disfruto con ellos de las alegrías que aún nos quedan a los seres humanos —bromear con toda franqueza y buena fe en torno a una mesa bien dispuesta, organizar un paseo o un baile a su debido tiempo, y cosas así—, siento que ello produce un buen efecto sobre mí. Sólo tengo que olvidarme de que en mi interior dormitan otras muchas fuerzas que se marchitan por falta de uso y que he de ocultar cuidadosamente. Ah, esto encoge de tal forma el alma... ¡Pero aun así! El destino de aquellos que son como nosotros es no ser comprendidos.

¡Que mi amiga de la juventud se haya ido! ¡Ah, y que yo la haya conocido! Debería decirme a mí mismo: ¡eres un necio! Buscas lo que aquí no se puede encontrar. Pero la tuve, he sentido el corazón, el alma grande, en cuya presencia me parecía ser más de lo que era, pues era todo cuanto yo podía ser. Dios, si aún queda una sola fuerza en mi alma, ¿no podría desplegar ante ella todo el maravilloso sentimiento con el que mi corazón abarca la naturaleza? ¿No era acaso nuestro trato un eterno entretejerse de la más refinada emoción, del más agudo de los ingenios, cuyas manifestaciones, hasta la travesura, estaban todas marcadas con el sello de la originalidad? Y ahora... Ah, los años que me sacaba la llevaron a la tumba antes que a mí. Nunca la olvidaré. Nunca su firme carácter, su divina paciencia [10].

Hace pocos días conocí al joven V, un muchacho abierto, de rostro muy agraciado. Acaba de salir de la academia y aunque no se considera precisamente un sabio, cree que sabe más que otros. Además es aplicado, como pude comprobar en todo momento. En suma, tiene buenos conocimientos. En cuanto supo que me gusta dibujar y que conozco el griego —dos raros metales en esta región—, se acercó a mí, desplegando todo su saber —desde Batteux a Wood, desde de Piles a Winkelmann—, y me aseguró que había leído toda la primera parte de la teoría de Sulzer [11], y que posee un manuscrito de Heyne [12] sobre el estudio de la antigüedad. Lo dejé estar.

He conocido a otro hombre de bien, el administrador del príncipe. Un hombre abierto, franco. Dicen que es un placer para el alma verle con sus hijos. Tiene nueve. En especial se habla mucho de su hija mayor. Me ha invitado a ir a su casa, y uno de estos días iré a visitarle. Vive en un pabellón de caza del príncipe, a una hora y media de aquí, donde se le permitió trasladarse tras la muerte de su esposa, pues la vida en la ciudad y la residencia oficial se le hacían demasiado penosas.

Por lo demás, se han cruzado en mi camino algunos ejemplares retorcidos, en quienes todo resulta insoportable, y lo más insufrible sus pruebas de amistad.

¡Adiós! La carta te gustará. Es del todo histórica [13].

---

[10] Eco de Susanne Katharine Klettenberg (1723-1774), amiga de la madre de Goethe que le causó honda impresión en su niñez y juventud. Fue especialmente intensa la relación de ambos durante la estancia entre 1768 y 1769 en la casa natal del joven en Francfort cuándo se encontraba enfermo. Entonces la «tía», como la llamaba cariñosamente, lo inició en la lectura de libros pietistas de confesiones. Goethe la inmortalizó en el Sexto Libro de *Los años de aprendizaje de Wilhelm Meister,* «Las confesiones de un alma bella».

[11] Unas estéticas básicamente normativistas como éstas tenían a la fuerza que irritar al apasionado Werther.

[12] Christian Gottlob Heyne (1729-1812) era considerado por aquella época la principal figura de los estudios clásicos.

[13] Con ello se refiere, no sin cierta burla, a que el estilo de la carta es muy objetivo, y por tanto del gusto de su amigo, no tan emotivo y poético

22 de mayo

Que la vida del hombre no es más que un sueño, ya se lo pareció a más de uno. También a mí esta sensación me acompaña siempre. Cuando veo la limitación a la que han quedado reducidas las fuerzas creadoras e investigadoras del hombre, cuando veo que toda actividad corre en pos de la satisfacción de las más elementales necesidades, que a su vez sólo pretenden alargar nuestra pobre existencia, y que todo consuelo a partir de ciertos presupuestos de la investigación no es más que una resignación soñadora, con la que en las paredes entre las cuales nos encontramos prisioneros pintamos figuras de colores y horizontes despejados... Todo esto, Wilhelm, me deja sin habla. Si miro en mi interior, encuentro todo un mundo. De nuevo más bien presentido y oscuramente apetecido que en representación y fuerza viva. Pero entonces todo se diluye ante mis sentidos y sigo, soñador, sonriendo por el mundo.

Que los niños no saben lo que quieren ni por qué, en eso están de acuerdo los más doctos maestros, tanto los de escuela como los preceptores. Pero que también los adultos van, como si fueran niños, dando tumbos por esta tierra, y al igual que éstos sin saber de dónde vienen ni adónde van, y de la misma forma actúan tan poco según auténticos propósitos, igualmente dirigidos por el sistema del palo y la zanahoria... Esto, a nadie le gusta reconocerlo, y a mí me parece que se palpa con las manos.

Admito de buen grado —pues sé muy bien lo que al respecto me dirías—, que los más dichosos son aquellos que viven al día, como niños, arrastrando sus muñecos, vistiéndolos

---

como él. Durante mucho tiempo, buena parte de la literatura intentó presentarse como histórica. Cervantes, introduciendo en el *Quijote* al historiador Cide Hamete Benengeli, moro y por lo tanto poco de fiar para los prejuicios de la época, se mofó no poco de esa tradición, que como se ve persistía en tiempos de Goethe, quien en esta novela se preocupa en todo momento por presentar la historia como basada en documentos reales. *(N. de la T.)*

y desvistiéndolos, hurgando con gran respeto en el cajón en el que mamá ha escondido los dulces, y que cuando al fin atrapan lo que tanto deseaban, se lo zampan a dos carrillos y gritan «¡más!». ¡Ésos sí que son seres felices! También les va bien a los que dan pomposos títulos a sus ocupaciones miserables o incluso a sus pasiones, presentándolas a los ojos del género humano como empresas de titanes en pro de su salud y bienestar. ¡Afortunado aquel que puede ser así! Quien sin embargo en su humildad reconoce adónde lleva todo esto; quien ve cuán primorosamente cualquier ciudadano acomodado sabe recortar su jardincillo hasta convertirlo en un paraíso, y cuán diligentemente también el desdichado arrastra jadeando el peso de su fardo, y que todos ellos están por igual interesados en ver aún otro minuto más la luz del sol en este mundo... ¡Sí! También éste está tranquilo y crea su mundo a partir de sí mismo, y también es feliz, porque es un ser humano. Pero, siendo tan limitado como es, aún conserva en su corazón el dulce sentimiento de la libertad y la idea de que puede abandonar esta cárcel cuando quiera.

26 de mayo

Sabes ya desde hace mucho la capacidad que tengo para establecerme, montando una chocita en cualquier lugar que me resulte de confianza, para allí hospedarme con toda estrechez. También aquí he encontrado de nuevo un rinconcillo que me ha fascinado.

Aproximadamente a una hora de la ciudad, hay un lugar al que llaman Wahlheim [14]. Su emplazamiento en una colina es muy interesante, y cuando se deja atrás el pueblo ascendiendo a pie por un camino, se abarca con la mirada todo el valle. Una

---

[14] El lector hará bien no esforzándose en buscar los lugares aquí mencionados, pues hemos estimado oportuno cambiar los nombres que aparecen en el original. *(N. del A.)*

buena posadera, que a su edad aún se muestra complaciente y alegre, sirve vino, cerveza, café. Pero lo más importante de todo son dos tilos que con sus extensas ramas cubren la pequeña plaza ante la iglesia, rodeada de casas de labor, graneros y corrales. No me ha sido fácil encontrar un rinconcillo tan íntimo, tan hospitalario, y allí hago que me traigan mi mesita de la posada y mi silla, allí bebo mi café y leo mi Homero.

La primera vez que, por casualidad, una hermosa tarde me encontré bajo los tilos, hallé el rinconcillo tan solitario... Todos estaban en los campos. Sólo un crío de unos cuatro años se encontraba sentado en el suelo, sujetando con ambos brazos contra su pecho a otro como de medio año sentado entre sus pies, de tal modo que le servía de asiento, y estaba tan tranquilo, sin apercibirse de la viveza con que sus oscuros ojos miraban en derredor. Me gustó la visión, me senté sobre un arado que estaba justo enfrente, y con gran deleite dibujé la fraternal postura. Añadí el cercado, la puerta de un granero y unas cuantas ruedas de carro rotas, todo tal y como estaba, y me di cuenta de que en el transcurso de una hora había elaborado un dibujo bien ordenado y muy interesante, sin que yo hubiese participado en ello lo más mínimo. Esto reforzó aún más mi propósito de en el futuro ocuparme únicamente de la naturaleza. Ella es por sí sola ilimitadamente rica, y ella sola forma al gran artista. Se puede decir mucho en beneficio de sus reglas, poco más o menos lo mismo que en alabanza de la sociedad burguesa. Un hombre que se forma según éstas, jamás creará nada malo ni de mal gusto, del mismo modo que quien se deje moldear por la justicia y el bienestar, jamás podrá ser un vecino insoportable, jamás un notable bribón. Por el contrario, toda norma, se diga lo que se diga, destruirá el verdadero sentimiento y la verdadera expresión de la naturaleza. ¡Dilo, es demasiado duro! Únicamente limita, cercena las más exuberantes cepas, etc.

Querido amigo, ¿he de ponerte un ejemplo? Ocurre como con el amor: un corazón joven pende totalmente de una muchacha, pasa todas las horas del día con ella, derrocha todas sus fuerzas, toda su fortuna, para expresarle en todo momento que se entrega a ella por completo. Y entonces aparece un filisteo, un hombre que tiene un puesto oficial, y le dice: estimado joven, amar es humano, sólo que deberíais amar humanamente. Distribuid vuestras horas, unas para el trabajo, y las de descanso, dedicadlas a vuestra amada; evaluad vuestra fortuna, y con lo que os sobre, después de atender a vuestras necesidades elementales, no os prohíbo que la hagáis algún regalo, sólo que no demasiado a menudo. Tal vez en el día de su cumpleaños o en el de su onomástica... Si el hombre le hace caso, se convertirá en un joven de provecho, y yo mismo aconsejaría a todo príncipe que le pusiera al frente de un Consejo. Sólo que en lo que se refiere a su amor, ¡se acabó! Y si es un artista, su arte. ¡Ah, amigos! ¿Por qué la corriente del genio brota tan pocas veces? ¿Por qué tan pocas veces se agita en grandes oleadas, sacudiendo vuestra alma admirada? Queridos amigos, ahí, en ambas orillas, habitan los tranquilos señores, cuyos cenadorcitos, macizos de tulipanes y campos de hortalizas se echarían a perder, si no supieran prevenir a tiempo el peligro que les amenaza por medio de un sistema de diques y acequias.

27 de mayo

Como veo, he caído en el arrebato, la parábola y la declamación, y con ello me he olvidado de seguir contándote qué fue de los niños. Sumido por completo en la emoción pictórica, que te expuse muy fragmentariamente en mi carta de ayer, estuve cerca de dos horas sentado sobre mi arado. Al atardecer, llega donde los niños, que en todo ese tiempo no se habían movido de allí, una joven con una cestita cogida del brazo y, desde lejos, les dice: Phillip, te has portado muy bien. Me saludó, correspondí, me levanté, me acerqué y le pregunté si era la madre de aquellos niños. Contestó que sí y, dándole un panecillo al mayor, cogió al pequeño en brazos y le besó con todo el amor de una madre. He dejado, dijo, a mi Philip al cuidado del pequeño, y he ido a la ciudad con el mayor a comprar pan blanco, y azúcar y una cazuela de barro. Vi todo aquello dentro del cesto, al que se le había caído la tapa. Esta noche voy a hacerle una sopita a mi Hans —ése era el nombre del más pequeño—. El cabeza de chorlito del mayor, que ayer se peleó con Philip por rebañar los restos del puré, me rompió la cazuela en pedazos. Pregunté por el mayor, y apenas me acababa de decir que andaba correteando por la pradera con un par de gansos, cuando llegó dando grandes saltos, trayéndole al segundo una vara de avellano. Seguí conversando con la mujer y me enteré de que era la hija del maestro de la escuela y de que su marido se había marchado a Suiza, para cobrar la herencia de un primo. Le habían querido engañar, dijo, y no contestaban a sus cartas, entonces se había ido para allá. Espero que no le haya ocurrido ninguna desgracia, no sé nada de él. Me costó separarme de ella. Di a cada uno de los niños una moneda de un *kreuzer,* también para el pequeño le entregué uno a ella, para que cuando fuera a la ciudad trajera un panecillo para su sopa, y así nos separamos.

Te confieso, querido amigo, que cuando mis sentidos no quieren apaciguarse, entonces todo el tumulto se alivia con la visión de una criatura semejante que, con feliz serenidad, se entrega al estrecho círculo de su existencia, apañándose de un día para otro, viendo caer las hojas, sin más pensamiento que el de que llega el invierno.

Desde entonces, salgo a menudo. Los niños se han acostumbrado del todo a mí, les doy azúcar cuando bebo café, y comparten conmigo el pan con mantequilla y la leche agria de la cena. Los domingos nunca les falta un *kreuzer,* y cuando no estoy allí a la hora de rezar, la posadera tiene instrucciones de dárselo.

Han tomado confianza, me cuentan de todo, y me divierto especialmente con sus pasiones y sus simples arrebatos de codicia, cuando se juntan con otros niños del pueblo.

Me ha costado mucho acallar los reparos de la madre: Podrían incomodar al señor.

30 de mayo

Lo que hace poco te decía acerca de la pintura, se puede aplicar seguramente también al arte de la poesía. Se trata sólo de reconocer lo que es excelente y de atreverse a expresarlo, y esto sin duda es decir mucho con poco. Hoy me he visto ante una escena que, bien descrita, sería el idilio más hermoso del mundo, y, sin embargo, ¿qué son la poesía, la escena y el idilio? ¿Entonces hay que ponerse siempre a modelar cuando nos vemos ante una manifestación de la naturaleza?

Si por esta introducción esperas algo muy elevado y noble, te has engañado de nuevo malamente. No es más que un joven campesino el que me ha llevado a sentir este vivo interés. Como de costumbre, lo contaré mal, y tú, como de costumbre, creo yo, lo encontrarás exagerado... De nuevo es Wahlheim, como siempre Wahlheim, el origen de estas rarezas.

Fuera, bajo los tilos, había un grupo tomando café. Como no me agradaba del todo, con un pretexto me quedé aparte.

Vino un joven campesino de una casa vecina y se puso a arreglar algo en el arado que yo había dibujado hacía poco. Como me gustó su aspecto, me dirigí a él, le pregunté por sus cosas, en seguida nos hicimos amigos y, como me suele ocurrir con este tipo de gentes, pronto intimamos.

Me contó que estaba al servicio de una viuda y que ella le trataba muy bien. Habló tanto de ella y la alabó de tal manera, que en seguida me percaté de que estaba entregado a ella en cuerpo y alma. Ya no es joven, dijo. Su primer marido la trató muy mal, no quiere volver a casarse. Y por su relato era tan evidente lo hermosa, lo encantadora que le resultaba, cuánto deseaba que ella le eligiera para borrar el recuerdo del error cometido por su primer marido, que tendría que repetir sus palabras, una por una, para darte una clara idea de lo puro de su deseo, del amor y la lealtad de este hombre. Sí, tendría que poseer el don de los grandes poetas para poder reproducirte con viveza a un tiempo la expresividad de sus gestos, lo armonioso de su voz, el divino fuego de su mirada. No, no hay palabras que expresen la ternura que había en todo su ser y en sus palabras. Todo lo que yo pueda decir, sólo resulta torpe. Me conmovió especialmente que temiese que yo pudiera pensar inadecuadamente de su relación, que dudara de su reputación.

Resultaba fascinante cómo hablaba de su figura, de su cuerpo, que aún sin los encantos juveniles le atraía poderosamente y le cautivaba, sólo puedo repetirlo en lo más íntimo de mi alma. En mi vida he visto el deseo imperioso y el ansia vehemente en una pureza semejantes, incluso puedo decir que nunca los había imaginado, ni siquiera soñado de tal forma. No me reprendas si te digo que, al recordar esa inocencia y esa verdad, mi alma arde de entusiasmo en lo más íntimo, y que la imagen de esa lealtad y de esa ternura me sigue por doquier, y que yo mismo, como inflamado por ella, sediento, languidezco.

Trataré de verla yo también lo antes posible, aunque, mejor aún, si lo considero convenientemente, prefiero evitarlo. Es mejor que la vea a través de los ojos de su enamorado. Si la veo con mis propios ojos, quizá no me parezca tal y como ahora la veo ante mí, y, ¿por qué había de echar a perder tan bella imagen?

16 de junio

¿Que por qué no te escribo? ¿Y me lo preguntas, siendo como eres un hombre instruido? Deberías adivinar que me encuentro bien, y sin embargo... En resumidas cuentas, he conocido a alguien que toca de cerca mi corazón. Tengo... No sé...

Contarte ordenadamente cómo he llegado a conocer a una de las criaturas más adorables, resultará difícil. Me siento feliz y contento, y así no seré un buen cronista.

¡Un ángel! ¡Bah! Es lo que dicen todos de la suya, ¿no es cierto? Y, sin embargo, no puedo decirte hasta qué punto es perfecta, ni por qué es perfecta... Basta. Ha cautivado todos mis sentidos.

Tanta sencillez junto a tanto juicio, tanta bondad junto a tanta firmeza, y la tranquilidad de espíritu junto a una vida y una actividad auténticas...

Todo lo que diga sobre ella, no es más que vana palabrería, abstracciones molestas que no expresan uno solo de los rasgos de su carácter. Otra vez será... No, otra vez no, ahora mismo te lo contaré. Si no lo hago ahora, no lo haré nunca, pues, entre nosotros, desde que me he puesto a escribir, en tres ocasiones he estado a punto de abandonar la pluma, de mandar que ensillaran mi caballo y cabalgar hasta allí. Y eso que esta mañana temprano me juré a mí mismo no hacerlo, y, sin embargo, a cada instante voy hasta la ventana para ver si aún no se ha puesto el sol.

No he podido evitarlo, tenía que ir a verla. Aquí estoy otra vez, Wilhelm, cenaré un panecillo y te escribiré. ¡Qué placer para mi alma verla rodeada por sus queridos y alegres niños, por sus ocho hermanos!

Como siga así, al final vas a saber lo mismo que al principio. Escucha, pues, procuraré detallarte los pormenores.

Ya te escribí acerca de cómo conocí al administrador S, y que me había pedido que le visitara en su retiro, mejor dicho, en su pequeño reino. No atendí su petición, y de no haber ido nunca allí, el azar no me habría descubierto el tesoro que se oculta en esta tranquila comarca.

Nuestros jóvenes habían organizado un baile en el campo, al que gustosamente también yo quise asistir. Me ofrecí a acompañar a una chica de aquí, agradable y hermosa, por lo demás insignificante, y convinimos en que yo tomaría un carruaje, que con mi pareja de baile y con su prima iríamos hasta el lugar de la fiesta y que por el camino recogeríamos a Charlotte S. Conoceréis a una bella muchacha, me dijo mi compañera de baile cuando atravesábamos el extenso bosque talado, en dirección al pabellón de caza. Tened cuidado, replicó la prima. ¡No os enamoréis! ¿Por qué?, le dije. Está ya prometida, contestó. A un hombre muy respetable que se ha marchado de viaje para, tras la muerte de su padre, poner en orden sus asuntos y buscar una colocación honrada. La información me resultó harto indiferente.

El sol estaba a un cuarto de hora de distancia de las montañas, cuando llegamos ante el portón de la casa. Hacía bochorno y las muchachas expresaron su preocupación ante una tormenta que parecía estar montándose en el horizonte en torno unas nubecillas de color grisáceo cargadas de humedad. Engañé sus temores improvisando unas predicciones meteorológicas, aunque en aquel momento yo mismo empecé a darme cuenta de que nuestra fiesta sufriría un revés.

Me había apeado, y una doncella que apareció ante el portón nos pidió que disculpásemos un momento: la señorita Lottchen vendrá en seguida. Atravesé el patio hasta la casa magníficamente construida y cuando hube subido las escaleras y me asomé a la puerta, mis ojos se toparon con el espectáculo más encantador que yo haya visto jamás.

Seis niños, de edades comprendidas entre los once y los dos años, pululaban por la antesala en torno a una muchacha de mediana estatura y hermosa figura, que llevaba puesto un sencillo traje blanco con lazos de color rojo pálido en los brazos y en el pecho. Sostenía en su mano una hogaza de pan negro, y a cada uno de los pequeños que la rodeaban le cortaba un pedazo, teniendo en cuenta su edad y su apetito, dándoselo a cada uno con tanta amabilidad... Y cada uno de ellos exclamaba ¡gracias! con tanta naturalidad en el momento en que lo cogía con su pequeña manecita estirada hacia lo alto, antes aún de que lo hubiera partido, y entonces, satisfecho con su pedazo de pan, se alejaba saltando, o bien, si su carácter era tranquilo, se alejaba con calma hacia el portón de la casa, para ver a los desconocidos y el carruaje en el que su Lotte iba a marcharse.

Os ruego me disculpéis, dijo ella, por haberos molestado haciéndoos entrar y por hacer esperar a las damas. Con vestirme y dar toda clase de disposiciones para la casa durante mi ausencia, he olvidado darles a mis niños su merienda, y no quieren que nadie más que yo les parta el pan. Le hice un cum-

plido sin importancia. Toda mi alma estaba absorta en la figura, en el tono de voz, en los modales, pero tuve algo de
tiempo para recobrarme de la sorpresa cuando corrió hacia el
salón para coger sus guantes y el abanico. Los pequeños me
miraban a cierta distancia de reojo, y yo me acerqué al más
pequeño, que tenía una cara de lo más alegre. Retrocedió
cuando ella salió por la puerta y le dijo: Louis, da la mano al
señor primo. El chico lo hizo con toda naturalidad y yo no
pude contenerme y le besé cariñosamente, a pesar de que su
pequeña naricilla estaba llena de mocos. ¿Primo?, le dije, ten-
diéndole la mano. ¿Créeis que merezco la dicha de estar em-
parentado con vos? ¡Oh!, exclamó con una pícara sonrisa. Tenemos muchísimos primos y sentiría que vos hubiérais de ser
el peor de todos.

Al irse, encargó a Sophie, la hermana mayor después de
ella, una muchacha de unos doce años, que se ocupara de los
pequeños y saludara a su papá cuando regresara de su paseo a
caballo. A los pequeños les dijo que tenían que obedecer a su
hermana Sophie como si fuera ella misma, lo que algunos de
ellos prometieron expresamente. En cambio, una rubita resa-
biada, de unos seis años, dijo: Pero no eres tú, Lottchen, a ti te
queremos más. Los dos chicos mayores habían trepado a la
parte trasera del carruje y, atendiendo a mi petición, ella les
permitió que vinieran con nosotros hasta el bosque, si prome-
tían no hacer bromas y sujetarse con fuerza.

Apenas nos habíamos sentado, las damiselas se habían salu-
dado e intercambiado algunas observaciones sobre el atuendo,
especialmente acerca de los sombreros, y sobre las personas
que esperaban encontrar, cuando Lotte mandó parar al cochero
y a sus hermanos que se apeasen. Ellos se empeñaron en be-
sarle de nuevo la mano, lo que el mayor, que debe de tener
unos quince años, hizo con todo cariño y el otro con mucho
ímpetu y descuido. Ella mandó de nuevo saludos para los pequeños, y seguimos adelante.

La prima preguntó si había terminado el libro que hacía
poco le había enviado. No, dijo Lotte. No me gusta, puedo de-

volvéroslo. El anterior tampoco era mejor. Quedé sorprendido cuando le pregunté de qué libros se trataba y me contestó:... [15] Encontré tanto carácter en todo lo que decía... Percibí en cada palabra nuevos encantos, nuevos destellos del espíritu irradiando desde cada uno de los rasgos de su rostro, que, alegres, parecían ir revelándose poco a poco, pues ella sentía que yo la entendía.

Cuando era joven, dijo, nada me gustaba más que las novelas. Sabe Dios lo que disfrutaba sentándome los domingos en un rinconcillo, y participando con todo mi corazón en las alegrías y desdichas de una Miss Jenny [16] cualquiera. No voy a negar que este género aún tiene su atractivo para mí, pero como sólo en contadas ocasiones puedo coger un libro, entonces debe ser totalmente de mi gusto. Y prefiero a aquellos autores en los que encuentro de nuevo mi mundo, aquellos a los que les sucede lo que a mí, y cuya historia me resulta tan interesante, tan entrañable como mi propia vida casera, que por cierto no es precisamente un paraíso, pero que en conjunto es una fuente de indecible felicidad.

Me esforcé en ocultar mis emociones ante estas palabras. No se alargó mucho, pues cuando durante el trayecto la oí hablar con tanta sinceridad del Vicario de Wakefield [17], de... [18], no pude contenerme y le dije todo lo que tenía que decirle, y sólo al cabo de un rato, cuando Lotte dirigió la conversación hacia las otras, me di cuenta de que, aunque estuvieron todo el

---

[15] Nos hemos visto obligados a suprimir este pasaje de la carta, con el fin de no dar a nadie motivos para sentirse agraviado, aunque en el fondo ningún autor puede dar demasiada importancia al juicio de una sola muchacha y al de un joven tan inconstante. *(N. del A.)*

[16] Referencia al libro de Marie-Jeanne Riccoboni *Histoire de Miss Jenny Glanvill*, novela sentimental que sigue la estela de Richardson.

[17] La conocida obra de Oliver Goldsmith publicada en 1776, un idilio neopastoril, tuvo gran éxito en Alemania.

[18] También aquí hemos omitido los nombres de algunos autores de la patria. Quien participe del juicio de Lotte y lea este pasaje, seguramente lo sentirá de corazón. Y si no es así, no tiene por qué saberlo. *(N. del A.)*

tiempo con los ojos abiertos, era como si no estuvieran allí sentadas. La prima, más de una vez, me miró arrugando con desprecio la nariz, aunque a mí no me importó nada.

La conversación recayó en los placeres del baile. Si esta pasión es un defecto, dijo Lotte, os confieso de buen grado que no conozco nada que esté por encima del baile. Y cuando algo me ronda la cabeza, aporreo una contradanza en mi desafinado piano, y todo vuelve a ir bien.

¡Cómo me deleité con sus ojos negros durante la conversación! ¡Cómo arrebataron mi alma entera los vivos labios y las frescas y alegres mejillas! ¡Y, hundido por completo en el significado de su maravilloso discurso, a menudo ni siquiera escuchaba las palabras con las que ella se expresaba! Te lo puedes imaginar, porque me conoces. Resumiendo, me apeé del carruaje como un sonámbulo cuando paramos ante el edificio en el que se celebraba el baile, y andaba hasta tal punto como sumido en sueños, en medio de aquel mundo crepuscular, que apenas percibí la música que, desde la sala iluminada, llegaba resonando hasta nosotros.

Los dos caballeros que eran pareja de la prima y de Lotte, Audran y un tal N. N. [19] —¡quién puede retener todos estos nombres!— nos recibieron a la portezuela del carruaje, se apoderaron de sus damas, y yo acompañé a la mía hasta arriba.

Nos enlazamos unos con otros bailando unos minués, saqué a una damisela tras otra, y justo las más insufribles entre ellas eran incapaces de tenderle a uno la mano y de ponerle fin. Lotte y su pareja empezaron a bailar una danza inglesa y puedes imaginarte cuánto disfruté cuando a ella le tocó comenzar la figura con nosotros. ¡Tendrías que verla bailar! Pone en ello todo su corazón y toda su alma, en todo su cuerpo una armonía, tan despreocupada, tan natural, como si al fin y al cabo eso lo fuera todo, como si no pensara en nada, nada sintiera.

---

[19] N. N.: abreviatura de *nomen nescio* o *nomen nominandum,* en latín: «el nombre no lo sé» o «el nombre por nombrar». *(N. de la T.)*

Y en ese momento, seguro que todo lo demás desaparece ante ella.

Le pedí que me concediera la segunda contradanza, ella me prometió la tercera y con la más adorable sinceridad del mundo me aseguró que le encantaban las danzas alemanas [20]. Aquí está de moda, añadió, que toda pareja, la que a uno le corresponde, permanezca unida en la danza alemana, pero mi pareja baila mal el vals y me agradecerá que le ahorre el trabajo. Vuestra dama tampoco sabe y no le gusta, y he visto mientras bailabais la inglesa que bailaréis bien el vals. Si queréis ser mi pareja para la alemana, id y pedídselo a mi caballero, que yo iré a pedírselo a vuestra dama. Le tendí la mano y convinimos ya que, entretanto, su pareja habría de entretener a la mía.

¡Al fin empezó! Y nos divertimos un rato entrelazando los brazos de diversas formas. ¡Con qué gracia, con qué ligereza se movía! Y cuando por fin llegamos al vals y como esferas rodábamos unos en torno a los otros, al principio hubo un poco de lío, porque sólo unos pocos sabían. Fuimos prudentes y dejamos que se desahogaran, y en cuanto los más torpes despejaron la pista, entramos nosotros y aguantamos el tipo junto a otra pareja, con Audran y su dama. Nunca me había salido tan bien. Me sentía sobrehumano. Tener entre los brazos a la criatura más adorable, y con ella dar vueltas como un torbellino, de modo que todo alrededor se desvanece y... Wilhelm, para ser sincero, me juré a mí mismo que la muchacha a la que yo amara, sobre la que yo tuviera derecho, nunca bailaría un vals con otro que no fuera yo, aunque ello me costase la vida. ¡Tú me entiendes!

Dimos algunas vueltas por la sala para recuperar el aliento. Entonces ella se sentó, y las naranjas que había traído conmigo, y que ahora eran las únicas que quedaban, hicieron un

---

[20] El minueto es el estilo francés, la contradanza el inglés y el vals el alemán.

magnífico efecto, sólo que con cada gajito que por deferencia ella compartía con su arrogante vecina de asiento, una punzada me atravesaba el corazón.

En la tercera danza inglesa, éramos la segunda pareja. Cuando pasamos bailando toda la fila, y yo, sabe Dios con cuánto placer, estaba colgado de su brazo y de su mirada, llena de la más auténtica expresión del placer más franco y más puro, llegamos ante una mujer, que ya me había llamado la atención por lo amable de sus facciones en un rostro ya no del todo joven. Miró a Lotte sonriendo, levantó un dedo amenazador y, al vuelo, repitió dos veces el nombre de «Albert» con cierto retintín.

¿Quién es Albert?, le pregunté a Lotte. Si no es indiscreción... Estaba a punto de contestar, cuando tuvimos que separarnos para hacer el gran ocho. Cuando volvimos a cruzarnos, me pareció apreciar en su frente cierto aire pensativo. ¿Por qué habría de negároslo?, me dijo, tendiéndome la mano para el paseo. Albert es un buen muchacho, al que estoy como quien dice prometida. No era nada nuevo para mí, las muchachas me lo habían dicho por el camino, y, sin embargo, así me resultó del todo nuevo, porque no lo había puesto en relación con ella, que en tan breve espacio de tiempo había cobrado para mí tanto valor. Basta: me sentí confuso, me olvidé de mí mismo y me metí en medio de la pareja que no correspondía, de modo que todo se lió y fue necesaria toda la presencia de ánimo de Lotte, arrastrándome y tirando de mí, para rápidamente restablecer de nuevo el orden.

El baile aún no había terminado, cuando los rayos, que ya hacía rato habíamos visto brillar en el horizonte y que yo en todo momento había achacado a efectos del calor, empezaron a ser mucho más fuertes, y los truenos ahogaron la música. Tres mujeres, a las que siguieron sus caballeros, abandonaron la fila. El desorden fue general y la música enmudeció. Es natural que cuando nos sorprende una desgracia o algo terrible en medio del regocijo, nos haga una impresión mayor que en otras ocasiones, en parte por el contraste, que así se percibe más vivamente, en parte, e incluso aún más, porque nuestros sentidos se han abierto de una vez a la emoción y por ello reciben tanto más rápidamente cualquier impresión. A estos hechos he de atribuir las asombrosas muecas que vi hacer a varias de las damas. La más prudente se sentó en una esquina, de espaldas a la ventana, y se tapó los oídos. Otra se arrodilló ante ella y hundió su cabeza en el regazo de la primera. Una tercera se deslizó entre ambas y abrazó a sus hermanitas llorando desconsolada. Unas querían volver a casa. Otras, que sabían aún menos lo que hacían, no eran capaces de reprimir las impertinencias de nuestros jóvenes calaveras, que parecían estar muy ocupados interceptando las atemorizadas plegarias que, dirigidas al cielo, salían de los labios de las bellas en apuros. Algunos caballeros habían bajado a fumar tranquilamente una pipa y el resto de la concurrencia no rechazó la feliz idea que la encargada del local tuvo al indicarnos una sala que tenía persianas y cortinas. En cuanto entramos, Lotte se ocupó de formar un corro con las sillas y cuando la concurrencia se sentó, propuso un juego.

Vi a algunos que se estiraban, mientras la boca se les hacía agua, esperando cobrar una jugosa prenda. Jugaremos a contar, dijo ella. ¡Atención! Daré la vuelta al corro de derecha a izquierda, y vosotros iréis contando a mi alrededor. Cada uno, el número que le toque. Hay que hacerlo con la rapidez del rayo, y quien se pare o se equivoque, se llevará un tortazo. Y así hasta cien. Era divertido verlo. Ella daba vueltas al corro con el brazo extendido. ¡Uno!, empezó el primero. El vecino, ¡dos! ¡Tres!, el siguiente, y así sucesivamente. Entonces ella empezó a ir más deprisa, cada vez más deprisa. Uno se despistó y... ¡Zas! Una bofetada. Y con las risas también el siguiente: ¡zas! Y cada vez más rápido. Yo mismo recibí dos sopapos y, con íntima satisfacción, creí percibir que eran más fuertes que los que les daba a los demás.

Con unas risas y un alboroto generales, concluyó el juego, antes de que contáramos hasta mil. Los más confiados se fueron apartando. La tormenta había pasado. Y yo seguí a Lotte

hasta el salón. Cuando íbamos hacia allá, dijo: Con las tortas
han olvidado la tormenta y todo lo demás. Yo era, continuó,
una de las más asustadas, pero al hacerme la valiente para dar
valor a los demás, acabé animándome. Nos acercamos a la
ventana, tronaba a lo lejos, una espléndida lluvia murmuraba
sobre la tierra, y la más refrescante de las fragancias llegó
hasta nosotros con toda la plenitud de una cálida atmósfera. Se
apoyó en los codos y con la vista recorrió el paisaje, miró hacia el cielo y me miró a mí. Vi sus ojos llenos de lágrimas,
puso su mano sobre la mía y exclamó: ¡Klopstock! Yo recordé
de inmediato la maravillosa oda [21] que ocupaba sus pensamientos, y me hundí en la corriente de emociones que con
aquella consigna ella había vertido sobre mí. No pude contenerme, me incliné sobre su mano y la besé entre lágrimas ebrio
de placer. Y de nuevo la miré a los ojos... ¡Oh, noble poeta!
Tenías que haber visto la adoración hacia ti en aquella mirada... Y yo no quisiera volver a oír nombrar tu nombre tan a
menudo profanado.

19 de junio

No recuerdo dónde dejé mi relato hace unos días, pero sé
que eran las dos de la mañana cuando me fui a la cama, y que,
de haber podido charlar contigo en lugar de escribirte, probablemente te habría retenido hasta la mañana siguiente.

Lo que sucedió durante el viaje de regreso desde el baile,
aún no lo he contado. Tampoco tengo hoy el día más apro-
piado para ello.

Fue la más espléndida de todas las salidas de sol. ¡El bosque goteando y el campo reanimado a nuestro alrededor!
Nuestras acompañantes iban dando cabezadas. Lotte me preguntó si no quería unirme a ellas, que por su parte podía des-

---

[21]   *La fiesta de la primavera* (1759).

preocuparme. Mientras vea esos ojos abiertos, le dije, y la miré fijamente. Mientras tanto, no habrá ningún peligro. Y ambos aguantamos hasta llegar ante el portón de su casa, que silenciosamente abrió una criada, la cual, contestando a sus preguntas, le aseguró que su padre y los pequeños estaban bien y que aún dormían. Entonces la dejé, con el ruego de poder verla de nuevo ese mismo día; me lo concedió y he ido, y desde ese momento, el sol, la luna y las estrellas pueden seguir tranquilamente su curso. No sé si es de día o de noche, y el mundo entero se desvanece en torno a mí.

21 de junio

Vivo días tan felices como los que Dios reserva a sus santos, y de mí puede ser lo que quiera, no podré decir que no he gozado los placeres, los más puros placeres de la vida. Tú conoces mi Wahlheim. Aquí me he instalado definitivamente. Y desde aquí estoy a sólo media hora de Lotte, aquí me siento feliz conmigo mismo y con toda la dicha que nos ha sido concedida a los hombres.

¡Si hubiera sabido, cuando elegí Wahlheim como meta de mis paseos, que estaba tan cerca del cielo! Cuántas veces en el transcurso de mis amplias caminatas vi el pabellón de caza que ahora encierra todos mis deseos, tan pronto desde las montañas como desde la llanura, sobre el río.

Querido Wilhelm, he meditado mucho acerca del ansia que tiene el ser humano de explayarse, de hacer nuevos descubrimientos, de andar vagando de aquí para allá, para luego, sobreponiéndose a ese impulso interno, de nuevo consagrarse voluntariamente a la limitación, volviendo al curso de la costumbre, sin preocuparse por lo que ocurre a derecha e izquierda.

Resulta asombroso cómo en cuanto llegué aquí y desde la colina miré el hermoso valle me atrajo todo lo que me rodeaba. ¡Allí el bosquecillo! Ah, si pudieras confundirte entre sus sombras. ¡Allí la cumbre de las montañas! Ah, si desde allí pudieras contemplar toda la amplia comarca. Las colinas encadenadas entre sí y los íntimos valles. ¡Oh, si pudiera perderme en ellos...! Corrí hacia allí y volví, sin haber encontrado lo que esperaba. Me ocurre con lo lejano como con el futuro. Un gran todo en penumbra descansa ante nuestra alma, nuestras emociones desaparecen allá dentro, como nuestra vista, y ansiamos, ah, entregar todo nuestro ser, dejarnos colmar con todo el placer de un único, grande y magnífico sentimiento... Y, ay, cuando corremos hacia allí, cuando el allá se torna aquí, todo es como siempre, seguimos en nuestra miseria, en nuestra estrechez, y nuestra alma languidece, suspirando por un bálsamo que se nos escapó.

Y así, hasta el más inquieto de los vagabundos acaba por añorar de nuevo su patria, y encuentra en su cabaña, en el seno de su esposa, en el corro de sus hijos y en las ocupaciones para lograr su sustento, todo el placer que en vano buscó por el ancho mundo.

Cuando por las mañanas, a la salida del sol, parto en dirección a mi Wahlheim, y allí, en el jardín de la posada, yo mismo cojo mis guisantes, me siento y los desgrano, mientras leo mi Homero... Cuando en la pequeña cocina escojo un puchero, corto la mantequilla, pongo las vainas al fuego, las tapo y me siento allí mismo, para removerlas de vez en cuando, entonces puedo ver con tanta viveza cómo los arrogantes pretendientes de Penélope degüellan, descuartizan y asan bueyes y cerdos... Lo que entonces me colma de una serena, auténtica emoción, no son más que los rasgos de la vida patriarcal, que, a Dios gracias, puedo entretejer, sin afectación, en mi manera de vivir.

Qué bien me hace, el que mi corazón pueda sentir el placer simple e inocente del hombre que trae a su mesa un repollo que él mismo cultivó, y no sólo disfruta de la col, sino de todos los días buenos, de la hermosa mañana en la que la plantó, de las apacibles tardes en las que la regó y del crecimiento paulatino, todo ello vuelve a gozarlo en un instante.

29 de junio

Anteayer vino el médico de la ciudad a ver al administrador y me encontró en el suelo entre los niños de Lotte, mientras unos, de rodillas, se me subían encima, otros me gastaban bromas y yo les hacía cosquillas, armando con ellos un buen jaleo. Al doctor, que es un pelele y un dogmático y que durante su discurso plegaba los puños de su camisa y se estiraba sin parar la gorguera, aquello le pareció indigno de un hombre sensato. Lo noté en su nariz. Pero no me molestó, le dejé tratar asuntos muy razonables, y a los niños les reconstruí de nuevo los castillos de naipes que ellos mismos habían destruido. En cuanto a él, anduvo luego por toda la ciudad, quejándose: por si los hijos del administrador no estaban ya bastante maleducados, ahora Werther los echa a perder por completo.

Sí, querido Wilhelm, los niños son lo que más quiero en este mundo. Cuando los contemplo y veo en los pequeños seres la semilla de todas las virtudes, de todas las fuerzas, que algún día tanto habrán de necesitar, cuando en su terquedad veo toda la futura resolución y firmeza de carácter, en las travesuras, el futuro buen humor y la capacidad para esquivar todos los peligros del mundo, todo tan íntegro, tan pleno... Siempre, siempre repito las magníficas palabras del maestro de los hombres: si no os hacéis como uno de ellos... Pues bien, mi querido amigo, a ellos, que son nuestros iguales, a los que deberíamos considerar como un modelo, los tratamos como si fueran nuestros subordinados. ¡No deben tener voluntad! ¿Acaso no la tenemos nosotros? ¿De dónde nuestro privilegio? ¿Porque somos mayores y más sensatos? Santo Dios, desde el cielo ves niños viejos, y niños jóvenes, y nada más. ¿Y cuáles son los que mayores alegrías te dan? Eso ya hace tiempo lo hizo saber tu Hijo. Pero ellos creen en Él y no le escuchan —algo que también es viejo—, y educan a sus hijos a su imagen y... Adiós, Wilhelm, no quisiera seguir perorando sobre el tema.

1 de julio

Lo que Lotte debe de suponer para un enfermo, yo lo siento en mi propio y necesitado corazón, que está peor que muchos que se consumen en el lecho del dolor. Va a pasar unos días en la ciudad, con una honrada mujer, que al decir de los médicos se aproxima a su fin, y que en estos últimos momentos quiere tener a Lotte junto a ella.

La semana pasada fui con ella a visitar al párroco de San..., una pequeña aldea, que está a una hora de aquí, junto a las montañas. Llegamos allí sobre las cuatro. Lotte se trajo a la segunda de sus hermanas. Cuando entramos en el patio de la casa del párroco, bajo la sombra de dos altos nogales, el buen anciano estaba sentado en un banco ante la puerta de la casa, y en cuanto vio a Lotte, fue como si cobrara vida, olvidó su garrote y se atrevió a salir a su encuentro. Ella corrió hacia él, le rogó que volviera a sentarse y, acomodándose junto a él, le dio muchos recuerdos de parte de su padre y estrechó entre sus brazos al más pequeño de sus críos, feo y sucio, el benjamín de su vejez. Tenías que haberla visto, cómo atendía al viejo, cómo levantaba la voz para que con su oído medio sordo pudiera entenderla, cómo le habló de gente joven y robusta que había muerto de manera inesperada, de las excelencias de las aguas de Karlsbad, y cómo alabó su decisión de ir allí el próximo verano, que encontraba que tenía mucho mejor aspecto, que estaba mucho más animado que la última vez que le había visto.

Entre tanto, yo había presentado mis respetos a la mujer del párroco. El viejo se animó por completo y como no pude por menos de alabar los hermosos nogales que tan agradable sombra nos daban, empezó a contarnos, aunque con alguna dificultad, su historia. El más viejo, dijo, no sabemos quién lo plantó. Unos dicen que tal párroco, otros que el de más allá. Pero el más joven de allá atrás es tan viejo como mi mujer. En octubre, hará cincuenta años. Su padre lo plantó la mañana del día en que ella nació, al caer la tarde. Fue mi predecesor en el cargo, y es imposible decir cuánto amaba el árbol. Y para mí no es menos querido: mi mujer estaba sentada bajo él, tejiendo sobre un madero, cuando hace veintisiete años, siendo yo un pobre estudiante, vine por vez primera a este patio.

Lotte preguntó por su hija, la cual, según le dijo él, había ido con el señor Schmidt al prado a ver a los braceros, y el viejo continuó con su relato: cómo su predecesor le había tomado cariño y la hija también, y cómo llegó a ser su vicario y después su sucesor. Hacía poco que la historia había llegado a su fin, cuando la joven hija de los párrocos llegó por el jardín con el tal señor Schmidt. Dio la bienvenida a Lotte con efusión, y debo decir que me gustó no poco. Una morena vivaracha y bien formada, con la que uno habría charlado con gusto durante su breve estancia en el campo. Su pretendiente, pues como tal se presentó en seguida el señor Schmidt, era un hombre fino, aunque callado, que no quiso mezclarse en nuestra conversación, aunque Lotte continuamente le instara a hacerlo. Y lo que más me entristeció fue que, por las trazas de su rostro, me pareció percibir que lo que le impedía tomar parte era más bien obstinación y mal humor que falta de entendimiento. Más tarde quedó por desgracia demasiado claro, pues cuando durante el paseo Friederike iba tan pronto junto a Lotte como junto a mí, el semblante del caballero, no desprovisto de por sí de un tono pardo, se oscurecía tan visiblemente que a Lotte le faltó tiempo para tirarme de la manga y desaconsejarme las galanterías hacia Friederike.

Nada me irrita más que el que los hombres se atormenten unos a otros, en especial, cuando se trata de jóvenes en la flor de la vida, pues es cuando podrían abrirse más a los placeres. Se echan a perder unos a otros los pocos días buenos poniendo caras largas, y sólo cuando ya es demasiado tarde se dan cuenta de lo irreparable de su pérdida. Me dio mucha rabia y cuando, al caer la tarde, regresamos a casa del párroco y, mientras tomábamos leche sentados a una mesa, la conversación giró en torno a las alegrías y las penas de este mundo, no pude evitar seguir el hilo, para hablar de todo corazón contra el mal humor.

Los seres humanos a menudo nos quejamos, comencé, de que los días buenos sean tan pocos, y los malos tantos, y me

parece que la mayoría de las veces no tenemos razón. Si tuvié-
ramos siempre el corazón dispuesto a disfrutar de lo bueno
que Dios nos depara cada día, entonces tendríamos también la
energía suficiente para soportar lo malo cuando llega... Pero
no somos dueños de nuestro ánimo, replicó la mujer del párroco. ¡Cuánto depende de nuestro cuerpo! Cuando uno no se encuentra bien, no se siente a gusto en ningún sitio. En eso le di
la razón. Entonces hemos de considerarlo, proseguí, como una
enfermedad, y preguntarnos si hay algún remedio contra ello.
En efecto, dijo Lotte. Yo al menos creo que mucho depende de
nosotros mismos, lo sé por mí: cuando algo me enerva y está a
punto de amargarme, en cuanto corro y canto un par de con-
tradanzas dando saltos por el jardín arriba y abajo, desaparece.
Eso es lo que quería decir, añadí. Con el mal humor ocurre
exactamente lo mismo que con la pereza, pues no es más que
una suerte de pereza. Nuestro carácter tiende con exceso a ella,
y, sin embargo, si tenemos, aunque sólo sea una vez, la fuerza
para animarnos, el trabajo se hace solo, y encontramos en la
actividad un verdadero placer.

Friederike estaba muy atenta, y el joven me replicó que uno
no es dueño de sí mismo, y menos aún puede gobernar sus
emociones. La cuestión es que se trata de un sentimiento desagradable, le contesté, del que cualquiera desea librarse, y nadie sabe hasta dónde pueden alcanzar sus fuerzas si no lo ha
probado. Ciertamente, alguien que esté enfermo, consultará a
todos los médicos y no rehusará los mayores sacrificios, ni las
más amargas medicinas, con tal de obtener la deseada salud.
Me di cuenta de que el venerable anciano aplicaba el oído para
tomar parte en nuestra conversación, así que alcé la voz, diri-
giendo mis palabras hacia él. Se predica contra tantos peca-
dos, dije, y aún no sé de nadie que desde el púlpito haya traba-
jado contra el mal humor[22]. Eso tendrían que hacerlo los

---

[22]   Sobre el tema, hemos encontrado un excelente sermón de Lavater, entre los que escribió sobre el libro de Jonás. *(N. del A.)*

párrocos de la ciudad, dijo él. Los campesinos no tienen mal humor, aunque de vez en cuando tampoco vendría mal. Que sería una lección al menos para su mujer y para el señor administrador, añadió. Todos rieron y él también, hasta que le dio un ataque de tos que interrumpió nuestra charla durante un rato, tras el cual el joven volvió a tomar la palabra: Ha calificado usted el mal humor de pecado, lo que se me antoja un tanto exagerado. Nada merece tanto ese nombre, le respondí, que aquello con lo que nos hacemos daño a nosotros mismos y a nuestro prójimo. ¿No basta con que no podamos hacernos felices mutuamente, sino que además hemos de privarnos unos a otros del placer que todo corazón de vez en cuando puede permitirse a sí mismo? Dígame de un hombre que, teniendo mal humor, sea capaz de ocultarlo, de soportarlo solo, sin destruir la alegría que encuentra en torno. ¿No es más bien un íntimo despecho ante nuestra propia indignidad, un disgustarnos con nosotros mismos, que siempre va unido a la envidia, azuzada por una necia vanidad? Vemos seres felices a los que no somos *nosotros* quienes hacemos dichosos, y eso nos resulta insoportable. Lotte me sonrió al ver la vehemencia con que hablaba, y una lágrima asomando a los ojos de Friederike me espoleó a seguir. ¡Ay de aquellos que se sirven del poder que tienen sobre un corazón para privarle de las sencillas alegrías que brotan de su interior!, proseguí. Todos los regalos, todas las deferencias del mundo, no reemplazan un instante de placer que una envidiosa indisposición de nuestro tirano nos haya amargado.

Todo mi corazón rebosaba en aquel momento, el recuerdo de algo similar vivido en el pasado oprimía mi alma, y las lágrimas acudieron a mis ojos.

Con que uno se dijera cada día, prorrumpí: No harás más que dejar a tus amigos con sus alegrías y aumentar su dicha, disfrutándola con ellos. ¿Podrías, si su alma se viera atormentada por una angustiosa pasión, perturbada por la preocupación, proporcionarles una gota de alivio?

Y cuando la última y más temible de las enfermedades caiga sobre la criatura que tú mismo habrás de enterrar en la flor de su juventud, y yazca en el más miserable agotamiento, con la vista perdida en el cielo, y el sudor de la muerte corra sobre su frente, y tú estés junto al lecho como un condenado, convencido de que con todo tu poder no puedes hacer nada, y la angustia te agarre por dentro, de modo que quisieras darlo todo, para poder instilar algo de vigor, una chispa de valor, a la criatura moribunda...

Con estas palabras, el recuerdo de una escena semejante, que yo mismo presencié, cayó sobre mí con todo su poder. Me llevé el pañuelo a los ojos y me aparté del grupo, y sólo la voz de Lotte, diciéndome «vámonos», me hizo volver en mí. Cómo me reprendió por el camino a causa del excesivo celo que ponía en todo: que aquello sería mi perdición, que tenía que cuidarme. ¡Oh, ángel mío! ¡Por ti he de vivir!

6 de julio

Sigue al cuidado de su amiga moribunda, y es siempre la misma, siempre la criatura solícita, que, donde mira, alivia los dolores y hace felices a los demás. Ayer por la tarde fue a pasear con Marianne y con la pequeña Malchen. Yo lo sabía, la encontré y fuimos juntos. Tras un paseo de una hora y media, de regreso en dirección a la ciudad, llegamos a la fuente que me es tan querida y que ahora que Lotte se ha sentado sobre el murete lo será mil veces más. Miré en torno, ah, y reviví ante mí el tiempo en el que mi corazón estaba tan solo. Querida fuente, dije, desde entonces no había vuelto a holgar en tu frescor. Al pasar de prisa, algunas veces ni te vi. Miré hacia abajo y vi a Malchen que con esfuerzo subía un vaso de agua. Miré a Lotte y sentí todo lo que en ella tengo. Entre tanto, llegó Malchen con el vaso. Marianne quiso quitárselo. ¡No!, exclamó la niña con la más dulce expresión. ¡No! Lotte, tú tienes que beber primero. Me quedé tan fascinado por la sinceridad, por la bondad con que lo dijo que no supe expresar mi emoción más que alzando a la niña del suelo y besándola tan calurosamente que de inmediato empezó a gritar y a llorar.

Ha hecho usted mal, dijo Lotte. Me quedé atónito. Ven, Malchen, continuó, tomándola de la mano y llevándosela escaleras abajo. Rápido, lávate con agua fresca de la fuente, rápido, así no te pasará nada. Me quedé allí y vi con qué aplicación la pequeña se frotaba las mejillas con las manos húmedas, con qué fe en que la fuente milagrosa lavaría toda impureza y la dejaría libre de la deshonra de que le saliera una barba horrible. Cuando Lotte dijo «es suficiente», la niña aún siguió lavándose con ahínco, como si insistiendo consiguiera algo más. Te digo, Wilhelm, que nunca he asistido con mayor respeto a un acto bautismal y que cuando Lotte subió, me hubiera gustado postrarme a sus pies como ante un profeta que ha expiado las culpas de todo un pueblo.

Aquella noche, en medio de la alegría que inundaba mi corazón, no pude evitar contarle lo sucedido a un hombre, al que, como es sensato, yo atribuía un buen conocimiento en las cuestiones humanas. ¡En buena hora se me ocurrió! Dijo que lo que Lotte había hecho estaba muy mal; que a los niños no había que contarles patrañas; que cosas como ésa han dado lugar a incontables errores y supersticiones, de los que cuando aún se está a tiempo había que preservar a los niños... Entonces me acordé de que hacía ocho días que ese hombre había celebrado un bautizo en su casa, por eso lo dejé estar, y en mi corazón me mantuve fiel a la verdad: debemos actuar con los niños como Dios con nosotros, que cuando más felices nos hace es cuando nos deja ir dando tumbos en alas de alegres ilusiones.

8 de julio

¡Qué niños somos! ¡Cómo ansiamos una mirada así! ¡Qué niños somos! Fuimos a Wahlheim, las muchachas iban en coche, y durante nuestro paseo en los negros ojos de Lotte creí... ¡Soy un necio! Perdona, tendrías que verlos, esos ojos. Abreviando, porque los ojos se me cierran de sueño. Verás, las mu-

jeres subieron al coche, en torno al cual estaban el joven W,
Selstadt y Audran, y yo. Desde la portezuela charlaron con los
muchachos, que por cierto eran bastante simples y frívolos. Yo
busqué los ojos de Lotte. ¡Y, ay de mí, iban de uno a otro! Pero
en mí... ¡En mí, el único que allí estaba entregado a ella por
entero! En mí... ¡No se fijaba! Mi corazón le dijo adiós mil
veces. ¡Y ella no me miró! El carruaje echó a andar y una lágrima asomó a mis ojos. La seguí con la vista y vi el tocado
de Lotte asomarse por la portezuela y que ella se volvía para
mirar... ¡Ah! ¿A mí? ¡Querido amigo! Vivo suspenso en esta
incertidumbre. Ése es mi consuelo. Tal vez se volvió para mi-
rarme a mí. Tal vez... Buenas noches. ¡Oh, qué niño soy!

10 de julio

¡Deberías ver la cara de pánfilo que pongo cuando en una
reunión se habla de ella! Cuando me preguntan si me gusta...
¡Gustar! Odio esa palabra a muerte. ¡Qué clase de tipo sería
aquel al que le gustara Lotte, sin que ella colmara todos sus
sentidos, todas sus emociones. ¡Gustar! Hace poco alguien me
preguntó si me gustaba Ossian.

11 de julio

La señora M está muy mal. Rezo por su vida, porque sufro
con Lotte. La veo muy rara vez, en casa de una amiga, y hoy
me ha contado un incidente asombroso. El viejo M es un ca-
nalla, avaro y mezquino, que ha atormentado y estrujado a su
mujer en vida todo lo que ha podido. Sin embargo, la mujer
siempre ha sabido apañárselas. Hace unos días, cuando el médico la dio por desahuciada, mandó llamar a su marido —Lotte
estaba en la habitación— y le habló de la siguiente manera:
Debo confesarte una cosa que tras mi muerte podría ocasionar
cierta confusión y disgusto. Me he encargado hasta ahora de

dirigir la casa tan ordenada y parcamente como me ha sido posible, pero deberás perdonarme que durante estos treinta años te haya estado engañando. Tú asignaste al principio de nuestro matrimonio una exigua cantidad para correr con los gastos de cocina y otras tareas de la casa. Cuando el gasto de la casa fue aumentando y nuestra hacienda creció, no había quien te hiciera incrementar proporcionalmente mi presupuesto semanal. Resumiendo, sabes muy bien que en los tiempos en los que los gastos fueron mayores, pretendiste que me las arreglara con siete florines a la semana. Entonces los tomé sin rechistar y lo que cada semana faltaba lo fui cogiendo de las arcas, pues nadie sospechaba que la señora fuera a robar de la caja. No he derrochado nada, y me habría ido tranquilamente al otro mundo, aun sin haberlo confesado, si no fuera porque aquella que tenga que ocuparse de la casa después de mí, no sabrá cómo hacerlo, y tú siempre podrías insistir en que tu primera mujer se las apañó con eso.

Hablé con Lotte acerca de la increíble obcecación de la mente humana, de que uno no recele, que tiene que haber gato encerrado cuando a alguien le alcanza con siete florines, viendo que el gasto debe de ser del doble. Pero yo mismo he conocido a gente que, sin ningún asombro, habría aceptado que en su casa contaban con la eterna orcita[23] de aceite del profeta.

13 de julio

No, no me engaño. Leo en sus negros ojos un auténtico interés por mí, y por mi destino. Sí, siento, y en esto puedo confiar en mi corazón, siento que ella... ¡Oh! ¿Tengo derecho? ¿Puedo expresar la gloria con estas palabras? ¡Que ella me ama!

---

[23] Se refiere a la orza de aceite que nunca se acaba y que durante la gran sequía decretada por Yaveh alumbra al profeta Elías. Véase Libro I de los Reyes 17, 10-16. *(N. de la T.)*

¡Me ama! Y qué digno me sentiría, si ella... A ti puedo decírtelo, tienes sensibilidad para algo así... ¡Cómo me venero a
mí mismo desde que ella me ama!

¿Es esto osadía? ¿O la sensación de una verdadera corres-
pondencia? No conozco al hombre ante el cual hubiera de temer algo en el corazón de Lotte. Y sin embargo... Cuando habla de su prometido con tanto ardor, con tanto cariño, me
siento como alguien a quien despojaran de todos sus honores
y dignidades y a quien le arrebataran la espada.

16 de julio

Ah, qué sensación me recorre todas las venas, cuando mis
dedos, sin querer, rozan los suyos, cuando nuestros pies se encuentran por debajo de la mesa. Me aparto como si fuera fuego,
y una secreta fuerza me impulsa de nuevo hacia delante, y el
vértigo se apodera de todos mis sentidos. ¡Oh! Y su inocencia,
su alma ingenua no se da cuenta de cómo me atormentan estas
pequeñas confianzas. Cuando, en mitad de una conversación,
posa su mano sobre la mía e interesada por lo que hablamos se
acerca aún más a mí, de modo que el celestial aliento de su
boca llega hasta mis labios... Entonces me parece que voy a
desmayarme, como alcanzado por un rayo. Y Wilhelm, si alguna vez a ese cielo, a esa confianza, yo me atreviera... Tú me
entiendes. No, mi corazón no está tan echado a perder. ¡Es débil! ¡Lo bastante débil! ¿Y no es eso la perdición?

Ella es sagrada para mí. Todo deseo se acalla en su presencia. Y cuando estoy con ella, no sé lo que me pasa, es como si
mi alma recorriera todos mis nervios. Conoce una melodía que
interpreta al piano con la fuerza de un ángel, sencilla y espiri-
tualmente, es su canción favorita y, con sólo tocar la primera
nota, a mí me desaparecen todo el dolor, la confusión y las ob-
sesiones...

En cuanto este sencillo canto se apodera de mí, nada de lo
que se diga del mágico poder de la música antigua me parece

inverosímil. ¡Y cómo sabe convocarlo! A menudo, en el preciso instante en el que yo querría pegarme un tiro en la cabeza. Y entonces todo el extravío y las tinieblas de mi alma se desvanecen, y vuelvo a respirar más libremente.

18 de julio

Wilhelm, ¿qué sería de nuestro corazón en un mundo sin amor? ¡Lo que una linterna mágica sin luz! En cuanto metes la lamparita, las más coloridas imágenes aparecen reflejadas sobre la pared blanca. Y aunque no fueran más que eso, fantasmagorías pasajeras, siempre que las contemplemos como chiquillos puros e inocentes y nos extasiemos con las milagrosas apariciones, nos sentiremos felices.

Hoy no pude ir a ver a Lotte, me retuvo una visita ineludible. Envié a mi criado, por tener junto a mí a alguien que hubiera estado hoy cerca de ella. ¡Con qué impaciencia le esperé! ¡Qué alegría al volver a verle! Me hubiera gustado cogerle la cara y darle un beso, si no fuera porque me daba vergüenza.

Se dice de la fluorita [24] que si se la pone al sol, atrae sus rayos y que por la noche resplandece durante un rato. Lo mismo me sucedía a mí con el muchacho. La sensación de que sus ojos se habían posado sobre su rostro, sus mejillas, sobre los botones de su chaqueta y el cuello de su gabán, hizo que fuera para mí tan sagrado, tan valioso, que en aquel momento no le habría dado ni por mil táleros. Me sentía tan a gusto en su presencia... Por Dios, no te rías. Wilhelm, ¿se trata de quimeras cuando nos sentimos bien?

---

[24] Goethe se refiere aquí a lo que en su *Viaje a Italia* designa como «piedra de Bolonia», un mineral fosforescente, denominado en alemán «Fosfori». *(N. de la T.)*

19 de julio

¡Voy a verla!, exclamo por las mañanas, en cuanto me despierto y, lleno de alegría, contemplo el hermoso sol. ¡Voy a verla! Y entonces no tengo otro deseo en todo el día. Todo, todo se entrelaza en esa perspectiva.

20 de julio

No acabo de hacerme a la idea de seguir vuestro consejo e ir a *** con el Embajador. No me gusta demasiado la idea de la subordinación. Y además, todos sabemos que ese hombre es un tipo odioso. Dices que a mi madre le gustaría verme en activo. Eso me hizo reír. ¿Acaso ahora no estoy también activo? Y en el fondo, ¿qué más da si lo que cuento son guisantes o lentejas? Todo en este mundo acaba por ser una bajeza, y un hombre que por voluntad de otro, sin que sea movido por su propio deseo, por su propia necesidad, se mate a trabajar por dinero o por alcanzar honores o lo que sea, siempre será un necio.

24 de julio

Puesto que tanto te interesa que no abandone mis dibujos, preferiría olvidar del todo el asunto a decirte que hasta ahora he hecho muy poco.

Nunca he sido tan feliz, nunca mi emoción ante la naturaleza, hasta la más pequeña piedra, la más pequeña hierba, fue tan intensa y profunda, y sin embargo... No sé cómo expresarme, el poder de mi imaginación es tan débil... Todo flota, se tambalea ante mi alma, de modo que no puedo emprender ni un solo esbozo, aunque creo que, de tener entre mis manos arcilla o cera, conseguiría algo. Si esto sigue así cogeré arcilla y la amasaré, aunque me salgan churros...

El retrato de Lotte lo he empezado en tres ocasiones, y las tres veces he desistido, lo cual me ha disgustado tanto más cuanto que hace algún tiempo solía tener fortuna en estas lides, por eso he hecho su silueta, y con eso habré de conformarme.

26 de julio

Sí, querida Lotte, me ocuparé y lo encargaré todo. Dadme más encargos, sólo que más a menudo. Sólo os pido una cosa: no echéis más arenilla en las notitas que me escribáis. Hoy me la llevé rápidamente a los labios, y me rechinaron los dientes.

26 de julio

Ya algunas veces me había propuesto no verla tan a menudo. ¡Pero quién podría cumplirlo! Día tras día sucumbo a la tentación y me prometo solemnemente: Mañana por una vez te mantendrás alejado. Y cuando llega la mañana, vuelvo a encontrar un motivo inexcusable, y antes de que pueda darme cuenta, estoy en su casa. Bien era ella quien por la noche había dicho: ¿Vendrá usted mañana, verdad? ¿Quién podría faltar entonces? O bien el día es demasiado hermoso. Me voy a Wahlheim, y cuando estoy allí... ¡Sólo estoy a media hora de su casa! Estoy demasiado cerca de su órbita... Y ¡zas! Ya estoy allí. Mi abuela sabía un cuentecillo acerca de una montaña magnética. A los barcos que se acercaban demasiado, los despojaba de todo el hierro: los clavos volaban hacia la montaña y los pobres desgraciados se iban a pique entre las tablas de madera que se desplomaban unas encima de otras.

30 de julio

Ha llegado Albert, y yo me iré, y aunque fuera el mejor, el más noble de los hombres, por debajo del cual y en todos los sentidos yo estuviera dispuesto a considerarme, aun así me resultaría insoportable verle en posesión de tantas perfecciones. ¡Posesión! Basta, Wilhelm. El prometido está aquí. Un muchacho honrado y afable, con el que hay que ser bueno. ¡Por fortuna, yo no estaba allí cuando le recibieron! Se me habría desgarrado el corazón. Además, es tan discreto que, en mi presencia, aún no ha besado a Lotte una sola vez. ¡Dios se lo pague! Por el respeto con que la trata, debo quererle. Me tiene aprecio, y sospecho que es por obra de Lotte, más que por efecto de sus propios sentimientos, pues en esto las mujeres son muy sutiles, y hacen bien. Si saben mantener a dos tipos en buenas relaciones, el beneficio es siempre para ellas, aunque ello se dé tan rara vez.

De todos modos, no puedo negarle a Albert mi respeto. Su serena apariencia contrasta muy vivamente con la inquietud de mi carácter, que no se puede ocultar. Tiene una gran sensibilidad y sabe lo que significa tener a una mujer como Lotte. Parece que no tiene mal humor, y ya sabes que ése es el pecado que más odio entre todos los que pueda cometer un hombre.

Me tiene por un hombre sensato, y mi dependencia con respecto a Lotte, mi ardiente alegría, la que tengo ante todos sus actos, acrecienta su triunfo, y únicamente por eso la ama aún más. Si no la atormentara algunas veces con sus pequeños celos... No voy a meterme en eso, pues yo, de estar en su lugar, tampoco me sentiría del todo seguro frente a ese monstruo.

Que haga lo que quiera... Para mí se acabó la dicha de estar junto a Lotte. ¿Debo llamar a esto necedad u obcecación? ¡Qué más da cómo se llame! ¡Limítate a contarlo! Yo ya sabía todo lo que ahora sé, antes de que viniera Albert. Sabía que con respecto a ella no podía abrigar ninguna pretensión. Tampoco la tenía... Es decir, en tanto en cuanto es posible no codiciar tantas gentilezas... Y ahora el gurrumino se queda con los ojos abiertos cuando el otro realmente llega y le quita la niña.

Aprieto los dientes y me burlo de mi propia desgracia, y me burlaría el doble o el triple de quienes se atrevieran a decir que debería resignarme, porque no podía ser de otro modo. ¡Que me quiten a esos espantajos de delante de las narices! Vago corriendo por los bosques, y cuando voy a ver a Lotte y Albert está sentado junto a ella en el jardincillo, bajo el cenador, y no puedo seguir, me vuelvo desenfrenadamente chiflado y me pongo a hacer bufonadas, todas las extravagancias que se me ocurren. Por Dios santo, me dijo hoy Lotte. ¡Os lo ruego! No me hagáis una escena como la de ayer por la noche. Cuando estáis tan contento, sois terrible. Entre nosotros: yo acecho el momento en que él tenga cosas que hacer y entonces... ¡Zas! Salgo, y siempre que la encuentro sola me siento muy bien.

8 de agosto

¡Discúlpame, querido Wilhelm! Ciertamente, no hablaba de ti al considerar como insoportables a los que exigen que nos resignemos ante lo inevitable. De verdad que no pensé que tú pudieras ser de la misma opinión. ¡Y en el fondo tienes razón! Sólo que, querido amigo, en el mundo muy rara vez se actúa atendiendo a dos alternativas: o bien esto o bien lo otro. Hay tantos matices en cada sentimiento y en cada forma de actuar como grados de inclinación entre una nariz aguileña y una chata.

Por lo tanto, no me tomarás a mal, si conviniendo con toda tu argumentación, intento, sin embargo, escabullirme por entre ambas alternativas: o bien esto o bien lo otro.

O bien, dices, tienes alguna esperanza sobre Lotte, o bien no tienes ninguna. ¡Bien! En el primer caso, intenta seguir adelante, procura alcanzar la consumación de todos tus deseos. En el caso contrario, ármate de valor y procura librarte de una emoción desgraciada que consumirá todas tus energías. Amigo mío, eso está muy bien dicho, y sin embargo... Se dice muy pronto.

¿Y puedes tú exigirle al desdichado, cuya vida se extingue paulatinamente bajo los efectos de una lenta e incurable enfermedad, puedes exigirle que de una vez por todas ponga fin a

sus sufrimientos dándose una puñalada? El mal que le va devorando las fuerzas, ¿no le priva al mismo tiempo del valor
para liberarse de él?

Por cierto que muy bien podrías responderme con una comparación parecida: ¿Quién no preferiría dejar que le amputaran
un brazo, en lugar de poner en juego su vida entre vacilacio-
nes y miedos? No lo sé... Pero no vamos a rompernos la cabeza con las comparaciones. Ya basta. Sí, Wilhelm, a veces
tengo uno de esos momentos de valor repentino y arrojado, y
entonces, si por lo menos supiera adónde, me iría con gusto.

Por la tarde

Mi diario, que desde hace algún tiempo tengo abandonado,
cayó hoy de nuevo en mis manos, y estoy sorprendido de
cómo he podido meterme en todo esto tan a sabiendas, paso a
paso. He visto siempre mi estado de manera tan clara... Y sin
embargo, me he comportado como un niño, ahora lo veo aún
más claro, y no tiene visos de ir a mejorar.

10 de agosto

Podría llevar una de las mejores y más felices de las exis-
tencias, si no fuera un necio. No es fácil que se den juntas unas
condiciones tan propicias para hacer dichoso a un hombre
como éstas en las que ahora me encuentro. ¡Qué cierto es que
sólo nuestro corazón puede labrar su propia felicidad! Perte-
necer a una familia adorable, ser amado por los mayores como
un hijo, por los niños como un padre, y por Lotte... Además, el
honesto Albert, que no perturba mi dicha con ninguna muestra
de mal humor, que me dispensa una cordial amistad, y para
quien, después de Lotte, soy lo que más quiere en el mundo...
Wilhelm, es un placer oírnos cuando vamos de paseo y hablamos el uno con el otro sobre Lotte. No se ha inventado en el

mundo nada más ridículo que esta relación y, sin embargo, a menudo las lágrimas asoman a mis ojos.

Cuando me habla de su madre, tan recta, de cómo en su lecho de muerte confió a Lotte el cuidado de la casa y de sus hijos, de cómo le encomendó a él que se ocupara de Lotte, de cómo desde aquel momento Lotte parece animada por un espíritu completamente distinto, de cómo con el cuidado de su casa y con la entereza se ha convertido en una verdadera madre, de cómo no deja pasar un solo momento de su tiempo sin entregarse al amor, al trabajo, y de cómo, a pesar de todo, no ha perdido ni su alegría, ni su ligereza... Yo entonces camino junto a él y voy cortando flores por el camino, haciendo con ellas cuidadosamente un ramo y entonces... Las arrojo al paso de la corriente y con la mirada sigo cómo se van hundiendo lentamente. No sé si te he escrito que Albert se quedará aquí y tendrá en la corte, donde es muy apreciado, un puesto con unos buenos honorarios. En cuanto al orden y la solicitud en los negocios, he visto pocos como él.

12 de agosto

Ciertamente, Albert es la mejor persona del mundo. Ayer tuve con él una asombrosa escena. Fui a verle, para despedirme, pues me apetecía ir a cabalgar a las montañas, desde donde ahora te escribo, y según caminaba por la habitación arriba y abajo, me llamaron la atención sus pistolas. Préstame las pistolas, le dije, para mi viaje. Por mí..., respondió. Si te tomas la molestia de cargarlas, yo sólo las tengo ahí colgadas de adorno. Cogí una, y él continuó: Desde que mi prudencia me jugó una tan mala pasada, no quiero tener nada que ver con esos chismes. Yo tenía curiosidad por conocer la historia. Me encontraba en el campo, me contó él, donde pasé unos tres meses en casa de un amigo. Tenía unas tercerolas descargadas y dormía tranquilamente. En una ocasión, durante una tarde lluviosa, en la que me encontraba sentado, sin nada que hacer,

no sé cómo se me ocurrió: podrían atracarnos, podríamos necesitar las tercerolas y podríamos... Ya sabes cómo es eso. Se
las di a un sirviente para que las limpiara y las cargara, y él se
puso a juguetear con las criadas, quiso asustarlas, y, Dios sabrá cómo, el arma se disparó, pues la baqueta estaba aún dentro, y se le incrustó a una de las muchachas en el pulpejo de la
mano derecha, destrozándole el pulgar. Entonces tuve que soportar los lamentos, además de pagar al cirujano, y desde
aquel día dejo todas las armas descargadas. Pero, querido
amigo, ¿de qué sirve ser prudente? ¡Del peligro nunca se
aprende lo suficiente! Pero...

Ya sabes que yo le tengo mucha estima, aunque le ponga
«peros» a todo, pues se sobreentiende que cada aserto tiene
sus excepciones. Sin embargo, este hombre es tan puntilloso
que cuando cree haber dicho algo un tanto precipitado, demasiado general o no del todo cierto, no acaba nunca de acotarlo,
modificarlo, de quitarle y ponerle, hasta que al final apenas
queda nada del asunto. Y en esta ocasión, machacó tanto el
tema que al final dejé de escucharle, pensando en las musara-
ñas, y con un súbito gesto me puse el cañón de la pistola en la
frente, sobre el ojo derecho. Basta, dijo Albert, arrebatándome
la pistola. ¿Qué significa esto? No está cargada, le dije. ¡Aun
así! Pero, ¿esto qué es?, replicó impaciente. No logro entender
que un hombre pueda ser tan necio como para pegarse un tiro.
Sólo de pensarlo, me da náuseas.

¡Que los hombres, al hablar de cualquier cosa, en seguida
tengáis que decir: esto es necio, esto es inteligente, esto es
bueno, esto es malo!, le grité. ¿Y qué es lo que significa todo
eso? ¿Acaso habéis indagado para ello en las circunstancias
de una acción? ¿Podríais exponer con seguridad los motivos
por los que ocurrió, por los que hubo de ocurrir? Si lo hubierais hecho, no seríais tan superficiales a la hora de emitir vuestros juicios.

Reconocerás, dijo Albert, que ciertas acciones serán siempre pecado, se produzcan por el móvil que sea. Me encogí de
hombros y convine en ello. Sin embargo, querido amigo, con-

tinué, incluso en este caso se dan algunas excepciones. Es cierto que robar es pecado, pero un hombre que para salvarse a sí mismo y a los suyos de una indigna muerte por hambre, se da al robo, ¿merece nuestra compasión o un castigo? ¿Quién arrojará la primera piedra contra un marido que, con justa ira, sacrifica a su infiel mujer y al vil seductor? ¿O contra la muchacha que, en un momento de placer, se pierde en los irresistibles goces del amor? Incluso nuestras leyes, esas pedantes de sangre fría, se dejan conmover y se abstienen de condenarlos.

Eso es algo muy distinto, replicó Albert, porque un hombre que se deja llevar por sus pasiones y pierde por completo el juicio, debe ser considerado como un borracho, como un enajenado.

¡Ah, vosotros los juiciosos!, exclamé sonriendo. ¡Pasión! ¡Embriaguez! ¡Enajenación! Os quedáis tan tranquilos, sin tomar parte. Vosotros, los hombres virtuosos, reprobáis al que bebe, abomináis del insensato, pasáis de largo como el sacerdote, y como los fariseos dais gracias a Dios por no haberos hecho como uno de ellos. Yo me he emborrachado más de una vez y mis pasiones nunca anduvieron muy lejos de la locura, y no me arrepiento de ello, pues a mi manera he aprendido a comprender que todos los hombres extraordinarios, todos aquellos que hicieron algo grande, algo que se tiene por imposible, siempre habrían de ser proclamados ebrios y enajenados.

Pero también en la vida ordinaria resulta intolerable escuchar casi a cada uno de ellos gritar más o menos ante cada acción libre, noble e inesperada: ¡Ese hombre está ebrio! ¡Está loco! Avergonzaos, los sobrios. Avergonzaos, los prudentes.

Eso no es más que otra de tus chaladuras, dijo Albert. Todo lo llevas al extremo, y por lo menos en esto, seguro que no tienes razón, comparando el suicidio, que es de lo que ahora estamos hablando, con las grandes acciones, cuando no se puede considerar nada más que como una debilidad, pues sin duda es más fácil morir que soportar con entereza una vida atroz.

Estuve a punto de dar el asunto por concluido, pues no hay nada en el mundo que me haga perder tanto los estribos como que alguien recurra a sentencias vulgares y sin importancia cuando yo estoy hablando de todo corazón. Pero me contuve, porque ya lo había oído a menudo y a menudo me he enfurecido por ello, y con cierto énfasis le repliqué: ¡Llamas a esto debilidad! Te lo ruego, no te dejes llevar por las apariencias. Cuando un pueblo que gime bajo el yugo insoportable de un tirano, se rebela al fin, rompiendo sus cadenas, ¿puedes llamar a eso debilidad? A un hombre que, ante el pánico que le produce el que el fuego haya alcanzado su casa, siente todas sus fuerzas en tensión y es capaz de llevar cargas que estando sereno apenas puede mover... A uno que, en medio de la ira provocada por una ofensa, se atreve con seis y los vence... ¿Se les debe calificar a todos ellos de débiles? Mi querido amigo, si el esfuerzo es fortaleza, ¿por qué una tensión máxima ha de ser lo contrario?

Albert me miró y dijo: No me lo tomes a mal, pero los ejemplos que has puesto no parecen corresponder en absoluto al caso. Puede ser, le dije. A menudo me han reprochado que mis asociaciones de ideas rayan en la verborrea. Vamos a ver si podemos imaginarnos de otra manera cómo debe de ser el estado de ánimo de un hombre que se decide a arrojar el fardo, por lo demás tan agradable, de la vida, pues sólo en la medida en que lo sintamos, tendremos derecho a hablar de un asunto.

La naturaleza humana, continué, tiene sus límites, puede soportar la alegría, las penas, el dolor, hasta un determinado grado, y se viene abajo en cuanto los ha sobrepasado. Por lo tanto, aquí no se trata de la cuestión de si uno es débil o fuerte, sino de si puede aguantar la medida de su sufrimiento, sea éste moral o físico. Y precisamente encuentro tan increíble decir que el hombre que se quita la vida es un cobarde, como impropio sería llamar cobarde a alguien que muere de una calentura.

¡Es absurdo! ¡Completamente absurdo!, exclamó Albert. No tanto como crees, le repliqué. Estás de acuerdo en que llamemos a esto una enfermedad mortal, una enfermedad con la cual la naturaleza se ve afectada hasta el extremo de que sus fuerzas se consumen en parte, y en parte queda tan sin efecto que no es capaz de recuperarse y, por medio de una feliz inversión, restablecer el curso normal de la vida.

Y ahora, amigo, apliquemos esto al espíritu. Observa al hombre en su limitación, cómo le afectan las impresiones, como se fijan en él las ideas, hasta que al fin una creciente pasión le despoja de todo su sano juicio y le arrastra a su fin.

No servirá de nada que el hombre sereno y juicioso se dé cuenta del estado en que se encuentra el desdichado. De nada, que le anime. De la misma manera que una persona sana junto al lecho de un enfermo no puede infundirle ni lo más mínimo de sus fuerzas.

A Albert todo esto le resultaba demasiado general. Le recordé a una muchacha que hace poco fue encontrada muerta en el agua y le volví a contar su historia. Una criatura joven y buena, que se había criado en el estrecho círculo de las ocupaciones caseras y del trabajo semanal, de modo que no tenía más perspectivas de distracción que la de ir a pasear los domingos por la ciudad con sus iguales y, con los trapos que poco a poco había ido apañando, tal vez bailar una vez en las grandes festividades y, por lo demás, con vivo interés, charlar durante unas horas con una vecina sobre el motivo de una riña o acerca de una calumnia... Su ardiente naturaleza siente al fin necesidades más íntimas, que se ven aumentadas por los halagos de los hombres, poco a poco pierde el gusto por todas sus alegrías de antes, hasta que al fin da con un hombre, hacia el que irresistiblemente la arrastra un sentimiento desconocido y en el que ella pone todas sus esperanzas... Se olvida del mundo que la rodea, no oye nada, no ve nada, no siente nada que no sea él —el único—, sólo anhela estar con él —el único—. No corrompida por los placeres vacíos de una vanidad veleidosa, su ansia se dispara directamente hacia un objetivo: quiere ser suya, quiere encontrar en la unión eterna toda la felicidad que a ella le falta, gozar de la confluencia de todas las dichas que anhela. Reiteradas promesas, que le aseguran la certeza de todas las esperanzas, atrevidas caricias, que acrecientan sus deseos, asaltan por completo su alma. Flota en una vaga consciencia, presintiendo todos los goces; se encuentra en un grado de máxima tensión, en el que al fin extiende los brazos para abarcar todos sus deseos y... Su amante la abandona. Pasmada, sin sentido, se encuentra ante el abismo, y a su alrededor todo son tinieblas. Ninguna perspectiva, ningún consuelo, ninguna esperanza, pues la ha abandonado *aquel* en quien ella únicamente sentía su existencia. No ve el amplio mundo que se extiende ante ella, ni a todos cuantos podrían resarcirla de la pérdida, se siente sola, abandonada por todo el mundo... Y ciega, oprimida en la estrechez de la terrible necesidad de su alma, para sofocar su angustia, se arroja hacia una muerte que todo lo abarca. Ves, Albert, ésta es la historia de algunas personas. Y dime, ¿no es éste un caso de enfermedad? La naturaleza no encuentra ninguna salida en el laberinto de sus confusas y contradictorias fuerzas, y esa persona ha de morir...

Ay de quien, viéndolo, sea capaz de decir: ¡La muy necia! Si hubiera esperado, si hubiera dejado actuar al tiempo, la desesperación habría remitido, habría encontrado ya a otro que la hubiera consolado. Es lo mismo que si alguien dijera: ¡El muy necio! ¡Se ha muerto de una calentura! Si hubiera esperado hasta que sus fuerzas se recuperasen, hasta que sus humores mejoraran, hasta que se hubiera calmado el tumulto de su sangre, todo habría ido bien, y al día de hoy aún estaría vivo.

Albert, para el que la comparación aún no resultaba evidente, hizo aún algunas objeciones, entre otras, que yo había hablado únicamente de una muchacha simple y que no comprendía cómo se podía disculpar a un hombre de juicio, que no fuera tan limitado, que dispusiera de más recursos.

Amigo mío, exclamé. El hombre es hombre y la pizca de juicio de que uno pueda disponer, poco o nada tiene que ver cuando se desata una pasión y los límites de la vida humana le oprimen a uno. Mejor dicho... En otra ocasión hablaremos de ello, dije, y cogí mi sombrero. ¡Oh! Tenía el corazón henchido...

Y nos separamos, sin habernos entendido. Como que en este mundo nadie comprende fácilmente a los demás.

15 de agosto

Es del todo cierto que no hay nada en el mundo que haga al hombre necesario como no sea el amor. Yo lo veo en Lotte, en que no le gustaría perderme, y en los niños, que no piensan en otra cosa si no en que vaya a verles cada mañana. Hoy fui para afinar el piano de Lotte, pero no pude hacerlo, porque los pequeños me anduvieron persiguiendo para que les contara un cuento, y entonces la propia Lotte dijo que tenía que atender sus ruegos. Les partí el pan de la cena, que tomaron casi con tanto gusto como si se lo hubiera dado la propia Lotte, y les conté el cuento de la princesa que era servida por manos invisibles. Aprendo mucho con ello, te lo aseguro, y estoy sorprendido de la impresión que les hace. Como a veces me tengo que inventar algún episodio, que se me olvida cuando lo cuento por segunda vez, en seguida dicen que la vez anterior era diferente, de modo que ahora estoy practicando para recitarlos de corrido, sin cambios y con cierto tonillo cantarín. Así he aprendido que un autor, al hacer una segunda edición, algo cambiada, de su historia, aun cuando resulte mucho más poética, necesariamente ha de perjudicar a su libro. La primera impresión nos encuentra bien dispuestos, y el hombre está de tal modo hecho que se le puede convencer de la más fantástica aventura, pero ésta se fija en seguida de una manera tan fuerte que ¡ay de aquel que quiera borrarla o enmendarla!

18 de agosto

¿Había pues de ser así, que aquello que hace la felicidad del hombre sea también la fuente de su desdicha?

El cálido y pleno sentimiento de mi corazón ante la viva naturaleza, que con tanto placer me desbordaba, que hacía que el mundo a mi alrededor fuera un paraíso, se ha convertido ahora en una insoportable tortura, en un molesto espíritu que me persigue por todas partes. Cuando en otro tiempo contemplaba desde la roca que hay sobre el río el fértil valle hasta aquellas colinas y veía que todo en torno a mí germinaba y manaba, cuando veía aquellas montañas recubiertas por altos y espesos árboles desde el pie hasta la cumbre, todos aquellos valles sombreados en sus diversos recodos por los más encantadores bosques, y el apacible río deslizarse entre las susurrantes cañas, reflejando las amables nubes, que el suave viento de la tarde mecía allá arriba en el cielo, cuando entonces escuchaba a los pájaros en torno a mí, animando el bosque, y los enjambres de millones de mosquitos danzaban valientemente con el último rayo del sol poniente, cuya postrera y palpitante mirada rescataba de entre las hierbas al zumbante moscardón, y el bullicio en torno a mí me hacía prestar atención al suelo, y el musgo arrancaba su alimento a mi dura roca, y la maleza, que crecía ladera abajo en la árida colina de arena, todo esto me mostraba la vida íntima, ardiente, sagrada de la naturaleza... Cómo abarcaba entonces todo aquello con mi buen corazón, sintiéndome en medio de aquella exuberante plenitud como divinizado, y las delicadas formas de aquel mundo inagotable se movían infundiendo vida en mi alma.

Montañas inmensas me rodeaban, las simas se abrían ante mí, y los torrentes se precipitaban ladera abajo, los ríos corrían a mis pies, y el bosque y las montañas retumbaban. Y yo las veía actuar y crear unas junto a otras en las profundidades de la tierra, a todas las fuerzas insondables. Y sobre la tierra y bajo el cielo pululaban las más variadas criaturas. Todo, todo poblado por miles de formas. Y los hombres entre tanto se recogen, seguros en su casita, anidando y creyendo que dominan el ancho mundo. Pobre insensato, que prestas tan poca atención a todo, porque eres tan insignificante. Desde la inaccesible cordillera, en la que nadie pone el pie, hasta el confín del ignoto océano, se despliega el espíritu del Eterno Hacedor, que se recrea con cada partícula de polvo que le percibe y existe... Ah, en aquel tiempo, cuántas veces anhelé alcanzar la orilla del mar inmenso con las alas de una grulla que pasaba volando sobre mi cabeza, beber del vaso espumoso del Infinito aquella henchida alegría de vivir, y al menos por un instante sentir en el limitado vigor de mi pecho una gota de la bienaventuranza del Ser que todo lo crea en sí y por sí.

Hermano, el solo recuerdo de aquellas horas me produce bienestar; incluso el esfuerzo de evocar aquellas indecibles emociones, de expresarlas de nuevo, eleva mi alma sobre sí misma, haciéndome sentir de modo redoblado el miedo ante el estado en el que ahora me encuentro.

Se ha descorrido ante mi alma como si fuera un telón, y la escena de la vida inagotable se ha transformado ante mí en el abismo del sepulcro eternamente abierto. ¿Puedes decir: ¡*esto es!* cuando todo pasa? ¿Cuando todo pasa rodando con la velocidad del rayo, y rara vez perdura toda la fuerza de su ser, arrastrado ¡ay! por la corriente, hundiéndose y estrellándose contra las rocas? Entonces no hay un solo instante que no te consuma tanto a ti como a los tuyos, ni un solo instante en el que no seas, tengas que ser, un destructor. El más inocente paseo cuesta la vida a miles y miles de pobres gusanillos, cualquier pisada destroza la ardua construcción de las hormigas y aplasta un pequeño mundo, convirtiéndolo en una tumba infame. Ah, y no son las grandes desgracias del mundo, menos frecuentes, esas inundaciones que se llevan por delante vuestros pueblos, esos terremotos que se tragan vuestras ciudades, lo que me conmueve. Lo que mina mi corazón es la energía destructora que yace oculta en el conjunto de la naturaleza, que no ha producido nada que no aniquilara a su prójimo y a sí mismo. ¡Y así, acongojado, voy dando tumbos! ¡El cielo y la tierra y todas las fuerzas en movimiento en torno a mí! No veo más que un monstruo devorando eternamente, eternamente rumiando.

21 de agosto

En vano tiendo mis brazos hacia ella, por las mañanas, cuando emerjo de mis pesados sueños; en vano la busco por las noches en mi cama cuando un feliz e inocente sueño me ha engañado,

haciéndome creer que estoy sentado junto a ella sobre una pradera, tomando su mano y cubriéndola con miles de besos. Ah,
cuando, aún delirando medio dormido, la busco tanteando y me
despierto con eso... Una corriente de lágrimas brota de mi corazón oprimido y lloro desconsoladamente ante un lúgubre futuro.

22 de agosto

¡Qué desgracia, Wilhelm! Todas mis energías destempladas
en una intranquila indolencia, no puedo estar ocioso y tampoco puedo hacer nada. No tengo imaginación, no siento ninguna emoción ante la naturaleza, y los libros me repugnan.
Cuando nos faltamos a nosotros mismos, nos falta todo. Te lo
juro, a veces me gustaría ser un jornalero, sólo para al desper-
tarme, por la mañana, tener una perspectiva del nuevo día, un
impulso, una esperanza. A menudo envidio a Albert, al que
veo sepultado hasta las orejas entre expedientes, e imagino lo
mucho que me gustaría estar en su lugar. Ya otras veces se me
ha ocurrido y he querido escribiros a ti y al Ministro, para so-
licitar el puesto en la legación, que, según tú me aseguras, no
me sería negado. Yo mismo lo creo así. El Ministro, desde
hace tiempo, me aprecia, hace mucho insistió en que me dedi-
cara a algún negocio, y hay momentos en que estaría dispuesto
a ello. Después, cuando vuelvo a pensar sobre ello, y me viene a
la memoria la fábula del caballo que, impaciente en su libertad, se dejó ensillar y poner riendas, siendo para su vergüenza
montado... No sé qué debo hacer. Y, querido amigo, ¿no es tal
vez en mí el anhelo por un cambio de estado, una íntima y molesta impaciencia que me ha de perseguir a todas partes?

28 de agosto

Es cierto, si mi enfermedad pudiera curarse, estas personas
lo harían. Hoy es mi cumpleaños, y muy de mañana recibí un

paquetito de parte de Albert. En cuanto lo abrí, me llamó la atención uno de los lazos de color rojo pálido que Lotte llevaba cuando la conocí y que desde entonces yo le había pedido repetidas veces. También había dos pequeños volúmenes en dozavo: el pequeño Homero de Wetstein, un librito que hace tiempo deseaba para no tener que cargar en mis paseos con la edición de Ernesti. ¿Ves? Así se anticipan a mis deseos, así me conceden todas las pequeñas atenciones de la amistad, que son mil veces más valiosas que esos deslumbrantes regalos con los que la vanidad del donante nos humilla. Beso ese lazo miles de veces, y con cada aspiración me embebe el recuerdo de las alegrías con que me colmaron aquellos pocos y dichosos días perdidos para siempre. Wilhelm, así es, y no protesto: ¡las flores de la vida son sólo aparentes! Cuántas de ellas pasan, sin dejar una sola huella tras de sí. Qué pocas dan fruto, y qué pocos de entre esos frutos maduran. Y, no obstante, hay bastantes de ellos. Y no obstante... ¡Oh, hermano! ¿Podemos despreciar, ignorar esos frutos maduros, dejando que se marchiten y se pudran sin probarlos?

¡Adiós! El verano está siendo magnífico. En el huerto de Lotte, a menudo me subo a los frutales con el largo varal y golpeo las peras de la copa. Ella, desde abajo, las va cogiendo, según yo se las voy dejando caer.

30 de agosto

¡Infeliz! ¿Acaso no eres un necio? ¿No te engañas a ti mismo? ¿Qué es toda esa delirante e interminable pasión? Ya no tengo plegarias más que para ella. En mi imaginación no aparece ninguna otra figura que no sea la suya, y todo lo que en el mundo me rodea, lo veo únicamente en relación con ella. Y ello me produce tales momentos de felicidad... Hasta que de nuevo he de separarme de ella. ¡Ay, Wilhelm! ¡De ella, hacia quien mi corazón con frecuencia me apremia! Cuando he estado sentado junto a ella durante dos, tres horas, y me he deleitado con su figura, con sus modales, con la celestial expresión de sus palabras, y poco a poco todos mis sentidos se han ido así desplegando, todo se ensombrece ante mis ojos, apenas oigo nada más, siento como si un asesino me agarrara por el gaznate, y entonces, latiendo salvajemente, mi corazón trata de dar aire a los oprimidos sentidos, aumentando aún más su confusión. Wilhelm, a menudo no sé si estoy en el mundo. Y cuando en ocasiones no me domina la melancolía y Lotte me permite el mísero consuelo de desahogar mi angustia llorando sobre su mano, ¡tengo que irme! ¡Salir de allí! Y entonces ando vagando por los campos, lejos. Escalar una montaña escarpada, es entonces mi alegría. Abrir un camino a través de un bosque infranqueable, entre las zarzas, que me hieren, entre las espinas, que me desgarran. Así me siento algo mejor. ¡Algo! Y cuando, cansado y sediento, me paro a veces a mitad de camino, en ocasiones en plena noche, cuando la luna llena se encuentra sobre mí, me siento en el bosque solitario sobre un tronco retorcido, sólo para procurar cierto alivio a las lastimadas plantas de mis pies, entonces en medio de una desfallecida calma me adormezco a media luz. ¡Oh, Wilhelm! La solitaria morada de una celda, un hábito de esparto y un cilicio serían para mí un bálsamo, por el que mi alma se consume. Adiós. No veo para toda esta desdicha otro final que no sea el de la tumba.

3 de septiembre

¡Debo irme! Te agradezco, Wilhelm, que hayas determinado mi vacilante decisión. Ya hace dos semanas que le doy vueltas a la idea de abandonarla. Debo hacerlo. Está de nuevo en la ciudad, en casa de una amiga. Y Albert... Y... Debo irme.

10 de septiembre

¡Menuda noche! Wilhelm, ya pasó todo. No volveré a verla. Ah, que no pueda volar y colgarme de tu cuello, para expresarte con miles de lágrimas y arrobos, mi buen amigo, todas las emociones que asaltan mi corazón... Aquí estoy sentado, tratando de atrapar algo de aire, intento calmarme, espero la mañana: he pedido los caballos para cuando salga el sol.

Ah, y ella duerme tranquilamente, sin saber que no volverá a verme nunca más. Me he separado de ella, he sido lo suficientemente fuerte como para no traicionar mi propósito a lo largo de una conversación de dos horas. ¡Dios mío! ¡Y qué conversación!

Albert me había prometido que nada más cenar saldríamos con Lotte al jardín. Yo estaba en la terraza, bajo los altos castaños, siguiendo con la vista el sol, que por última vez se ponía sobre el hermoso valle, sobre el apacible río. Cuántas veces estuve allí con ella, contemplando precisamente el magnífico espectáculo, y ahora... Recorrí, arriba y abajo, la avenida que tan querida me era. Una secreta afinidad me había retenido allí a menudo, antes de conocer a Lotte. Y cómo nos alegramos cuando, al principio de nuestra amistad, descubrimos la común afición por ese lugar, que realmente es uno de los más románticos de los que yo haya visto entre los creados por la mano del hombre.

En primer lugar, tienes entre los castaños el amplio panorama... Ah, recuerdo que, según creo, ya te he escrito mucho acerca de ello: de lo altas que son las paredes de hayas que acaban por encerrarle a uno, y de que, atravesando un bosquecillo cercano, la avenida se va haciendo cada vez más sombría, hasta que al final todo acaba en un cerrado escondrijo, rodeado por la más escalofriante soledad. Aún siento cuán intensa, cuán dulcemente presentí, cuando entré allí por vez primera a pleno mediodía, el escenario de dicha y de dolor que habría de ser aquel lugar.

Me había entregado durante casi media hora a aquellos lánguidos, dulces pensamientos de despedida, de reencuentro, cuando los oí subir a la terraza. Corrí hacia ellos, sintiendo un escalofrío cogí la mano de ella y la besé. Habíamos salido precisamente en el momento en el que la luna se asomaba tras las frondosas colinas, charlamos de todo un poco y, sin darnos cuenta, nos acercamos al sombrío recinto. Lotte entró en él y se sentó, Albert junto a ella, yo también, aunque mi excitación no me permitió seguir sentado mucho tiempo. Me levanté, me puse ante ella, caminé arriba y abajo, me volví a sentar, me encontraba en un estado angustioso. Ella nos llamó la atención sobre el hermoso efecto de la luz de la luna, que ante nosotros, al final de las paredes de hayas, iluminaba toda la terraza, una magnífica vista, que al encontrarnos rodeados por una profunda oscuridad resultaba aún más sorprendente. Estábamos callados, y al cabo de un rato ella dijo: Nunca salgo a pasear a la luz de la luna sin que me asalte el recuerdo de mis difuntos, el sentimiento de la muerte, del futuro. Renaceremos, continuó en un tono del más elevado sentimiento. Pero, Werther, ¿nos volveremos a encontrar? ¿Nos reconoceremos? ¿Qué opináis? ¿Qué decís?

Lotte, le dije, al tiempo que cogía su mano y los ojos se me llenaban de lágrimas. ¡Volveremos a vernos! [25]. ¡Aquí y allá! ¡Volveremos a vernos...! No pude continuar. Wilhelm, ¿por qué tuvo que preguntarme eso cuando yo tenía en el corazón la angustia de la despedida?

¿Y nuestros seres queridos que ya se han ido sabrán que, cuando nos va bien, los recordamos con ardiente cariño?, continuó. ¡Oh! La imagen de mi madre está siempre flotando en torno a mí, cuando, en medio del silencio de la noche, me siento entre sus niños, entre mis niños, que se reúnen en torno a mí como se reunían en torno a ella. Cuando entonces alzo la mirada hacia el cielo llena de lágrimas de añoranza, desearía que desde allí pudiera ver por un momento cómo he mantenido la palabra que le di en la hora de su muerte: ser la madre de sus hijos. Miles de veces exclamo: Perdóname, queridísima madre, si no soy para ellos lo que tú eras. ¡Ay! Hago todo lo que puedo, están vestidos, bien alimentados, ¡ah!, y lo que es

---

[25] La cita que Werther le propone a Lotte es en el más allá, motivo muy propio de Klopstock, autor muy leído por ambos.

más importante, cuidados y mimados. Si pudieras ver nuestra armonía, santa querida, con las más fervientes gracias ensalzarías a Dios, al que con tus últimas y más amargas lágrimas rogabas por el bienestar de tus hijos.

¡Habló así! Oh, Wilhelm. Quién podría repetir lo que dijo. Cómo podrían las letras frías y muertas expresar aquel celestial brote de su espíritu. Albert la habló dulcemente: Os afecta mucho, querida Lotte, sé que vuestra alma se apega a esas ideas, pero os lo ruego... ¡Oh, Albert!, dijo ella. Sé que no olvidas las noches en las que nos sentábamos en torno a una pequeña mesa, cuando papá había partido de viaje y habíamos mandado a los niños a la cama. A menudo tenías un buen libro entre las manos, pero qué pocas veces llegabas a leer algo. ¿No era el trato con aquella alma espléndida más que todo lo demás? La hermosa, dulce, alegre y siempre activa mujer... Dios conoce las lágrimas con las que a menudo al irme a la cama le suplico que me haga igual a ella.

¡Lotte!, exclamé y, arrodillándome ante ella, cogí sus manos, regándolas con miles de lágrimas. ¡Lotte, que la bendición de Dios y el espíritu de tu madre desciendan sobre ti!

Si la hubierais conocido, dijo, estrechando mi mano. Ella era digna de que la hubierais conocido... Creí desvanecerme. Nunca me habían dicho palabras tan grandes, tan enorgullecedoras. Y continuó: Y esa mujer tuvo que irse en la flor de la edad, cuando el más pequeño de sus hijos aún no había cumplido los seis meses. Su enfermedad no duró mucho. Estaba serena, resignada, sólo sus hijos le daban pena, especialmente el pequeño. Cuando estaba llegando al final, me dijo: Tráemelos. Y cuando se los llevé, los pequeños, que no sabían nada, y los mayores, que estaban fuera de sí, se reunieron en torno a su cama, y cuando ella levantó las manos y rezó por ellos, y los besó uno por uno y les mandó marcharse, me dijo: ¡Sé su madre! Se lo prometí. Prometes mucho, hija mía, me dijo. ¡El corazón y los ojos de una madre! A menudo he visto en tus agradecidas lágrimas que sabes lo que eso significa. Ten para tus hermanos y para tu padre la fidelidad, la obediencia de una mujer. Tú los consolarás. Preguntó por él. El pobre hombre había salido, para ocultar el insoportable dolor que sentía. Estaba desgarrado por completo.

¡Albert, tú estabas en la habitación! Oyó que había alguien, preguntó y pidió que te acercaras. Y en cuanto nos vio, a ti y a mí, con una serena mirada de consuelo, supo que éramos felices, que juntos habríamos de ser felices. Albert se abrazó a ella y la besó, y exclamó: ¡Lo somos! Lo seremos. El sereno Albert estaba por completo fuera de sí, y yo no sabía nada de mí misma.

Werther, dijo. ¡Y esa mujer tuvo que irse! ¡Dios! Cuando a veces pienso en cómo se deja uno quitar lo más querido... Y nadie lo siente tan agudamente como los niños, que mucho después aún se lamentaban de que los hombres de negro se habían llevado a mamá.

Se levantó. Yo estaba sobresaltado, conmovido. Me quedé sentado y cogí su mano. Vámonos, dijo. Ya es hora. Quiso retirar su mano y yo la sujeté con más fuerza. ¡Volveremos a vernos!, exclamé. Nos encontraremos, bajo cualquier apariencia nos reconoceremos. Me marcho, proseguí. Me marcho por mi voluntad. Y sin embargo, si tuviera que decir que es para siempre, no lo soportaría. ¡Adiós, Lotte! ¡Adiós, Albert! Volveremos a vernos...

Mañana, creo, replicó ella bromeando. Yo sentía ya el mañana. ¡Ay! No sabía, al retirar su mano de la mía, que... Se fueron por la avenida. Yo me quedé, viendo cómo se alejaban al resplandor de la luna, y me arrojé al suelo, deshecho en llanto, y me levanté de un salto, corrí hacia la terraza y allí abajo, a la sombra de los altos tilos, aún vi su vestido blanco resplandeciendo a través de la puerta del jardín. Tendí mis brazos y desapareció.

SEGUNDA PARTE

20 de octubre de 1771

Hemos llegado ayer. El embajador está indispuesto y va a guardar reposo algunos días. Si no fuera tan hosco, todo iría bien. Me doy cuenta, me doy cuenta de que el destino me ha deparado duras pruebas. Pero, ¡valor! Un carácter alegre lo soporta todo. ¡Un carácter alegre! Que de mi pluma surja esa palabra... Me hace reír. Ah, si tuviera la sangre de horchata, sería el ser más feliz de la tierra. ¡Y cuánto! Mientras otros, con su pizca de energía y de talento, fanfarronean ante mí con íntima autosatisfacción, ¿yo dudo de mis fuerzas, de mis dotes? Santo Dios, que me has concedido todo esto, ¿por qué no te has quedado con la mitad, dándome confianza en mí mismo y autocomplacencia?

¡Paciencia! ¡Paciencia! Se arreglará. Pues te digo, amigo, que tienes razón. Desde que voy todos los días a mezclarme con la gente, viendo lo que hacen y cómo lo hacen, me siento mejor conmigo mismo. Ciertamente, pues estamos hechos de modo que todo lo relacionamos con nosotros y a nosotros con todo. Así, la dicha y la desgracia están en cada una de las cosas a las que nos unimos, y nada hay más peligroso que la soledad. Nuestra imaginación, impulsada por su propia naturaleza a elevarse, alimentada por las fantásticas imágenes del arte de la poesía, erige una sucesión de seres, entre los cuales uno mismo es el último, y todo se nos aparece más espléndido sin nuestra presencia, cualquier otro nos parece más perfecto. Y ello sucede de la manera más natural: sentimos tan a menudo que nos falta algo, y precisamente lo que nos falta, a menudo nos parece que lo posee otro, a quien entonces concedemos también todo lo que nosotros tenemos, e incluso cierto íntimo e idealizado bienestar. Y así ya tenemos al dichoso, una criatura creada por nosotros mismos.

En cambio, si con toda nuestra debilidad y nuestro esfuerzo trabajamos sin interrupción, a menudo nos encontramos con que arrastrándonos como nos arrastramos, dando rodeos y esquivando el viento, llegamos más lejos que otros con todas sus velas desplegadas y sus remos y... Y se siente una verdadera emoción cuando uno marcha a la par o incluso adelanta a otros.

10 de noviembre

Por el momento, aquí empiezo a encontrarme bastante bien. Lo mejor es que hay bastante que hacer, y además las muchas gentes, las muchas caras, suponen un alegre espectáculo para mi alma. He conocido al conde de C, un hombre al que cada día he de admirar más. Una gran cabeza, que aún así no resulta fría, pues nada le pasa por alto, y en cuyo trato resalta su mucha sensibilidad para la amistad y el afecto. Se interesó por mí cuando le expuse un negocio, y con las primeras palabras se dio cuenta de que nos entendíamos, de que podía hablar conmigo como no podía hacerlo con cualquiera. Tampoco soy capaz de ensalzar como es debido su abierto trato para conmigo. No existe en el mundo un placer tan auténtico y tan bueno como el de ver que un alma grande se nos abre.

24 de diciembre

El embajador no me causa más que disgustos. Ya lo había previsto [26]. Es el mentecato más puntilloso que pueda haber, lento y prolijo como una vieja solterona. Un hombre que nunca está satisfecho consigo mismo, y al que por eso nadie puede contentar. A mí me gusta trabajar un poco a mi aire, y como quede, quedó. Pero entonces ya está él devolviéndome el escrito y diciéndome: Está bien, pero repáselo, siempre se encuentra una palabra mejor, una partícula más correcta. Entonces a mí me llevan los demonios. Que no falte ninguna «y», ninguna conjuncioncita. Y es enemigo mortal de todo hipérbaton, esos que a mí a veces se me escapan [27]. Cuando uno no hace sonar las frases con la consabida melodía descendente, él no entiende nada de nada. Es un suplicio tener que tratar con un hombre así.

La confianza del conde de C es lo único que me resarce de ello. Hace poco me dijo con toda franqueza lo descontento que estaba con la lentitud y la escrupulosidad de mi embajador. La gente se complica la vida y se la complica a los demás, pero, dijo, debe uno resignarse, como un viajero que ha de salvar una montaña. Ciertamente, si la montaña no estuviera ahí, el camino sería mucho más cómodo y más corto, pero ¡ahí está! ¡Y hay que salvarla!

El viejo también se da cuenta del trato privilegiado que con respecto a él me dipensa el conde, lo cual le indigna, y aprovecha cualquier oportunidad para hablarme mal del conde. Yo, como es natural, le llevo la contraria, con lo que la cosa aún se pone peor. Ayer mismo me hizo explotar, pues se refería tam-

---

[26] En el segundo libro vemos a Werther destinado en una legación diplomática. El episodio laboral, denostado por Napoleón, es absolutamente necesario en el conjunto de la novela, a fin de que el lector comprenda que para el protagonista el trabajo no puede suponer una salida.

[27] Los cambios en el lenguaje oficial, marcado por la secuencia sujeto-verbo-complemento, irritan al embajador. Los criterios del embajador enojan a Werther, pues su sensibilidad poética le llevan a intentos lingüísticamente creativos en todo momento.

bién a mí: que estos asuntos mundanos se le darían muy bien al conde, que tiene mucha facilidad para hacerlo, y que tiene buena pluma, aunque le falte una sólida erudición, como a todos los literatos. Al decirlo, hizo un gesto como si quisiera decir: ¿Coges la indirecta? Pero no me hizo ningún efecto. Desprecio a los hombres capaces de pensar y de comportarse de esa forma. Me encaré con él, batiéndome con no poca dureza. Le dije que el conde era un hombre al que había que respetar, tanto por su carácter como por sus conocimientos. No he conocido a nadie, dije, que haya conseguido hasta tal punto dilatar su espíritu, ensancharlo por encima de incontables asuntos, y conservar sin embargo intacta su actividad en la vida diaria. Le sonaría a chino, así que me despedí, para no tener que tragarme la bilis escuchando algún otro disparate [28].

Y de esto, todos vosotros, cotorreando para ponerme el yugo y cantándome las maravillas de estar activo, tenéis la culpa. ¡Actividad! Si el que planta patatas y cabalga hacia la ciudad para vender su grano no hace más que yo, que me mataré diez años más trabajando en esta galera en la que me encuentro encadenado.

Y la deslumbrante miseria, el tedio que encuentro entre las abominables gentes que se ven por aquí. Su búsqueda de prestigio, cómo vigilan y andan al acecho para colocarse un pasito por delante unos de otros. Las más miserables pasiones, sin ningún tapujo. Hay una mujer, por ejemplo, que a todo el mundo le habla de su nobleza y de sus terrenos, de tal modo que cualquier forastero pensará que es una loca, que por esa pizca de nobleza y la fama de sus tierras se cree tocada por la varita mágica... Pero aún es mucho peor, precisamente esa mujer aquí, en la vecindad, es hija de un escribano... ¿Ves?, no alcanzo a comprender al género humano, que tiene tan poco sentido como para hacer el ridículo de una manera tan simple.

---

[28] «Deraisonnement» —despropósito, disparate, sinrazón (en francés en el original).

De todos modos, cada día soy más consciente, querido amigo, de lo necio que resulta evaluar a otros según nuestro propio criterio. Y como tengo tanto que hacer conmigo mismo, y mi corazón es tan impetuoso... ¡Ah! Gustoso dejaría que los demás fueran por su camino, con tal de que ellos también me dejaran a mí ir por el mío.

Y lo que más me molesta es lo fatal de las relaciones dentro de la sociedad burguesa. Sé como cualquier otro que la diferencia de clases es necesaria, incluso cuántos privilegios me supone, sólo que no debería interponerse en mi camino allí donde aún podría gozar de un poco de alegría, de un rayo de felicidad en esta tierra. Hace poco, durante un paseo conocí a la señorita de B, una gentil criatura, que en medio de este ambiente tan estirado ha sabido conservar una gran naturalidad. Con la conversación nos caímos bien y cuando nos separamos, le pedí permiso para ir a visitarla. Accedió tan espontáneamente que apenas pude esperar el momento oportuno para ir a verla. No es de aquí, y vive en casa de una tía suya. La cara de la vieja no me gusta. Le profesé toda mi atención, dirigí mi conversación en su mayor parte hacia ella, y en menos de media hora estuve al cabo de lo que la propia señorita me confesó después: que a su querida tía, a su edad, le falta de todo, desde una regular fortuna hasta el espíritu, que no tiene ningún apoyo, salvo la serie de sus antepasados, ni más amparo que el estado tras el cual se ha parapetado, ni más diversión que, desde el piso alto, mirar por encima de las cabezas de los burgueses. En su juventud debió de ser bonita, pero echaría a perder su vida, primero martirizando con sus caprichos a algunos pobres jóvenes, y en su madurez, sometiéndose a las órdenes de un viejo oficial, que a ese precio y por una regular pensión pasó con ella la edad del bronce y que luego murió [29]. Ahora ella, en la de hierro, se ve sola, y nadie iría a verla, si no fuera porque su sobrina es tan gentil.

---

[29] Referencia a la división de la historia humana que hace Ovidio en *Metamorfosis*.

8 de enero de 1772

Qué clase de gentes son esas cuya alma entera se contenta
con el ceremonial, cuyos anhelos e ilusiones año tras año con-
sisten únicamente en tratar de avanzar un puesto en la jerar-
quía de la mesa. Y no es que estos tipos no tengan ninguna
oportunidad, no, más bien se les acumulan las tareas, precisamente porque al ocuparse de las pequeñas contrariedades que
ocasiona el ascenso se apartan de los asuntos verdaderamente
importantes. La semana pasada durante el paseo en trineo
hubo bronca, y se nos aguó la fiesta.

Los muy necios no ven que el puesto no tiene ninguna importancia, ni que el que ocupa el primero muy pocas veces de-
sempeña el papel principal. Como más de un rey, es manejado
por su ministro, y algún ministro por su secretario. ¿Y quién
es entonces el primero? Aquel, creo yo, que hace caso omiso
de los demás y tiene el suficiente poder o la suficiente astucia
como para servirse de sus fuerzas y pasiones en la ejecución
de sus propios planes.

20 de enero

He de escribiros, querida Lotte, desde este cuarto de una
pequeña posada, en la que he tenido que refugiarme de un
fuerte temporal. Desde que deambulo por el triste poblachón
de D, entre gente extraña, totalmente extraña a mi corazón, no
he tenido un solo instante, ni uno solo, en el que mi corazón
me haya impelido a escribiros. Y ahora, en esta cabaña, en esta
soledad, en este confinamiento, mientras la nieve y el granizo
braman contra mi ventana, aquí fuisteis mi primer pensamiento. En cuanto entré, me invadió vuestra imagen, vuestro
recuerdo. ¡Oh, Lotte! ¡Tan sagrado, tan cálido! ¡Dios santo!
¡De nuevo, el primer instante dichoso!

Si me vierais, querida, en medio de tantas distracciones...
Cómo se secarán mis sentidos, ni un solo instante de plenitud

para el corazón, ni una sola hora de lágrimas dichosas. ¡Nada! ¡Nada! Me siento como si estuviera ante una cabina de curiosidades, viendo pasar ante mí monigotes y caballitos, y a menudo me pregunto si no se tratará de una ilusión óptica. Participo en el juego, mejor dicho, me hacen jugar como si fuera una marioneta, y a veces agarro a mi vecino de la mano de madera y me estremezco de horror. Por las noches, me propongo disfrutar de la puesta de sol y no salgo de la cama. Por el día, espero deleitarme con el brillo de la luna, y me quedo en mi habitación. No sé muy bien por qué me levanto, ni por qué me acuesto. La levadura que puso mi vida en movimiento, falta. El aliciente que me mantenía despierto en las noches profundas ha desaparecido; ese que por las mañanas me sacaba del sueño, se ha ido.

Aquí he encontrado una única criatura femenina, una tal señorita de B. Se parece a vos, querida Lotte, si es que alguien puede parecerse a vos. ¡Ay!, diréis. ¡El tipo me viene con cumplidos! Pues no es del todo falso. Desde hace algún tiempo me he vuelto muy galante, porque no puedo ser de otra manera. Tengo mucho ingenio, y las damas dicen que nadie sabe alabar tan finamente como yo —y mentir, añadió vos, pues si no no funciona, ¿comprendéis?—. Quería hablaros de la señorita de B. Tiene un gran alma, que asoma por completo a sus ojos azules. Su posición social, que no satisface ninguno de los deseos de su corazón, es para ella una carga. Ansía alejarse del bullicio, y juntos fantaseamos durante varias horas imaginando escenas campestres de la más pura dicha. ¡Ah! ¡Y también a vos! Cuán a menudo tiene que rendiros homenaje, bueno, no tiene, lo hace voluntariamente, le gusta tanto oír hablar de vos... Os ama.

¡Oh, si estuviera sentado a vuestros pies en la pequeña habitación tan querida y familiar, con nuestros queridos niños dando vueltas a mi alrededor! Y si os pareciera que hacían demasiado ruido, yo los haría callar y los reuniría en torno a mí, contándoles un cuento horripilante.

El sol se pone majestuosamente sobre el paisaje refulgente de nieve. La tormenta ya ha pasado, y yo... He de encerrarme de nuevo en mi jaula... ¡Adiós! ¿Está Albert con vos? ¿Y cómo? ¡Que Dios me perdone esta pregunta!

8 de febrero

Desde hace ocho días hace un tiempo de lo más espantoso, aunque a mí me sienta bien. Pues desde que estoy aquí, no ha aparecido un solo día bonito en el cielo sin que alguien me lo haya echado a perder o me haya quitado el gusto. Cuando llueve a conciencia y cae una nevisca y hace un frío intenso y cae el rocío... Ah, pienso, en casa no se estará peor que fuera, y viceversa, y eso me gusta. Cuando sale el sol de la mañana y promete un día hermoso, no puedo evitar exclamar: aquí tienen de nuevo un don celestial, que pueden quitarse unos a otros. No hay nada que no se quiten. ¡Salud, buen nombre, alegría, reposo! Y la mayoría de las veces por necedad, incomprensión o mezquindad, pero si uno les escucha, resulta que lo hacen con la mejor intención. A veces me gustaría pedirles de rodillas que no se revolvieran las tripas con tanta saña.

17 de febrero

Me temo que mi embajador y yo no vamos a aguantar mucho más tiempo juntos. El hombre es por completo insoportable. Su forma de trabajar y de hacer negocios es tan ridícula que no puedo evitar llevarle la contraria, ni a menudo hacer alguna cosa a mi entender y a mi manera, lo que, como es natural, a él nunca le parece bien. Por ello me ha denunciado recientemente en la corte, y el ministro me echó una ligera reprimenda, aunque al fin y al cabo se trataba de una reprimenda, y estuve a punto de presentar mi dimisión cuando recibí una carta particular suya [30], una carta, ante la que me puse de hinojos y veneré su alta, noble y sabia comprensión. Cómo

---

[30] Por respeto a este excelente señor, la citada carta, así como otra de la que se hablará más adelante, ha sido suprimida de esta colección, por no creer que semejante atrevimiento pudiera disculparse ni con el más cálido agradecimiento por parte del público. *(N. del A.)*

encauza mi excesiva susceptibilidad, cómo respeta mis exaltadas ideas acerca de la eficacia, de la influencia sobre otros, del triunfo en los negocios, considerándolo como arrojo juvenil, tratando de no extirparlas, sino sólo de moderarlas y de conducirlas hacia donde puedan dar verdadero juego, hacia donde puedan dar sólidos resultados. También yo me he fortalecido durante ocho días y me he reconciliado conmigo mismo. La tranquilidad del alma es algo magnífico y la encarnación de la alegría. Querido amigo, si al menos ese tesoro no fuera tan delicado como bello y valioso...

20 de febrero

Dios os bendiga, queridos míos, y os dé todos los días buenos que a mí me quita[31].

Te agradezco, Albert, que me hayas engañado: esperaba noticias acerca de cuándo se habría de celebrar vuestra boda y me había propuesto solemnemente descolgar de la pared ese mismo día la silueta de Lotte, para enterrarla entre otros papeles. ¡Ahora sois marido y mujer y su retrato sigue aquí! ¡Y ahí se quedará! ¿Por qué no? Lo sé, yo también estoy en vuestro pensamiento, y sé que estoy, sin menoscabo para ti, en el corazón de Lotte, tengo, sí, tengo en él el segundo puesto, y quiero y debo conservarlo. Oh, me volvería loco, si ella pudiera olvidar... Albert, la mera idea me resulta un infierno. ¡Adiós, Albert! ¡Ángel del cielo! ¡Adiós, Lotte!

15 de marzo

He tenido un disgusto que me ha de alejar de aquí. ¡Me rechinan los dientes! ¡Diablos! No tiene remedio, y vosotros

---

[31] Esta carta, por ir dirigida a los recién casados, constituye una excepción.

sois los únicos culpables, vosotros que me habéis espoleado y empujado y martirizado para que me presentara a un puesto que no era de mi gusto. ¡Ahora ya lo tengo! ¡Ya lo tenéis! Y para que no digas otra vez que mis exaltadas ideas todo lo echan a perder, aquí tienes, querido señor, una historia, lisa y llanamente, tal y como la registraría un cronista.

El conde de C me aprecia, me distingue, ya se sabe, te lo he dicho ya cientos de veces. Ayer estaba invitado a comer con él, precisamente el día en que por la tarde recibe a un noble círculo de damas y caballeros, en los que yo jamás había reparado, como tampoco me había dado cuenta de que nosotros los subalternos [32] no pertenecemos a él. Bien. Comí con el conde y después recorrimos el gran salón arriba y abajo. Hablé con él, con el coronel B, que se nos unió, y así llegó la hora de la tertulia. Yo no pensaba, Dios lo sabe, en nada. Entonces entró la distinguida señora de S, con su señor esposo y la emperifollada y pavisosa de su hija, con el pecho como una tabla y un minúsculo corpiño, y al pasar hacen con los ojos y las narices ese gesto habitual en personas de tan alta alcurnia. Yo, como detesto de todo corazón a esa gente, iba a retirarme, y únicamente esperaba a que el conde se librara del vil chismorreo, cuando entra mi señorita B.

Como el corazón siempre se me sobresalta un poco cuando la veo, me quedé y me coloqué tras su asiento, pero sólo al cabo de un rato me di cuenta de que hablaba conmigo con menos franqueza que otras veces, con cierta turbación. Me llamó la atención. ¿Es también ella como toda esta gente?, pensé. Estaba picado y quise marcharme, y sin embargo me quedé, porque me hubiera gustado disculparla y no me lo creía, y aún esperaba una palabra amable por parte de ella y... Lo que quieras. Entre tanto, se llenó el salón. El barón F con todo el guardarropa de los tiempos de la coronación de Francisco I, el con-

---

[32]   El desencuentro con los nobles, que se presenta como razón del abandono de Werther de su puesto, está inspirado en detalles de la narración que hizo Johann Christian Kestner de los últimos días de Carl Wilhelm Jerusalem.

sejero de la corte R, anunciado aquí en calidad de señor de R, con su sorda esposa, etc., sin olvidar al mal trajeado J, que repara los agujeros de su vestuario de la época de los viejos francos con trapos a la última moda. Todos ellos se fueron uniendo al grupo, mientras yo hablaba con algunos de mis conocidos, los cuales se mostraron muy lacónicos. Pensaba... y sólo prestaba atención a mi señorita B. No me di cuenta de que las mujeres, al fondo del salón, cuchicheaban al oído, que el chisme circuló hasta llegar a los hombres, que la señora de S hablaba con el conde —todo esto me lo ha contado luego la señorita B—, hasta que al fin el conde se acercó a mí y me llevó hacia una ventana. Usted conoce, dijo, nuestras asombrosas costumbres: la gente está descontenta, creo yo, por verle a usted aquí. No quisiera por nada... Excelencia, le interrumpí, le pido mil disculpas, tendría que haber pensado antes en ello, sé que usted me disculpa esta inconsecuencia. Ya antes quise retirarme, pero un genio malvado me ha retenido, añadí sonriendo, al tiempo que me inclinaba. El conde me estrechó las manos con una expresión que lo decía todo. Me largué discretamente del distinguido círculo, salí, me subí a un cabriolé y me fui a M, para allí, desde la colina, ver ponerse el sol y leer en mi Homero el magnífico canto en el que Ulises es agasajado por el excelente porquero. Todo fue bien.

Por la noche regresé para cenar. En el comedor quedaban aún unos pocos tirando los dados en una esquina. Habían apartado el mantel de la mesa. Entonces entra el bueno de Adelin, se quita el sombrero y, al verme, se acerca y me dice en voz baja: ¿Has tenido un disgusto? ¿Yo?, le replico. El conde te ha expulsado de la reunión. ¡Que el diablo se los lleve!, dije. Preferí salir a tomar el aire. Bien, dijo él. Mejor que te lo tomes por el lado bueno. Sólo que me disgusta que en todas partes se hable de ello. Entonces el asunto empezó a fastidiarme. Todos los que llegaban a la mesa y me miraban, pensé, ¡te miran por eso! Eso me quemó la sangre.

Incluso hoy mismo, allá donde voy, me apena oír que los que me envidian triunfan y dicen: Ahí tienes dónde van a parar los arrogantes que se envanecían de su poquito de cerebro y creían que por ello podían saltarse todas las convenciones... Y las sandeces que se les ocurran. Entonces uno quisiera hundirse un cuchillo en el pecho, pues se diga lo que se diga, me gustaría ver quién es capaz de aguantar que unos canallas hablen de él cuando tienen alguna ventaja sobre él. Cuando sus chismes son infundados, ah, entonces se puede tolerar fácilmente.

16 de marzo

Todo el mundo me acosa. Hoy me he encontrado a la señorita B en la avenida, no pude evitar dirigirme a ella y, en cuanto estuvimos algo alejados del grupo, mostrarle la impresión que me había causado con su reciente comportamiento. Oh, Werther, me dijo en un tono entrañable. ¿Podéis interpretar así mi turbación, vos, que conocéis mi corazón? ¡Lo que he sufrido por vos desde el instante en que entré en el salón! Lo presentí, mil veces lo tuve en la punta de la lengua y estuve a punto de decíroslo. Sabía que la de S y la de T, con sus maridos, se marcharían, antes que quedarse en vuestra compañía. Sabía que el conde no podía indisponerse con vos... ¡Y ahora todo este alboroto! ¿Cómo, señorita?, le dije, ocultando mi horror, pues todo lo que Adelin me había dicho ayer mismo corría en aquel momento por mis venas como agua hirviendo. ¡Lo que me ha costado ya!, dijo la dulce criatura, al tiempo que las lágrimas asomaban a sus ojos. Yo ya no era dueño de mí mismo, estuve a punto de arrojarme a sus pies. ¡Explicaos!, exclamé. Las lágrimas rodaban por sus mejillas. Yo estaba fuera de mí. Ella se secó las lágrimas, sin tratar de ocultarlas. Conocéis a mi tía, comenzó ella. Estaba presente y... Oh, con qué ojos lo vio. Werther, ayer por la noche y esta mañana temprano he soportado un sermón sobre mi trato con usted, y he tenido que escuchar cómo le denigraba, humillaba, y sólo a medias pude, se me permitió, defenderos.

Cada una de las palabras que decía me atravesaba el corazón como si fuera una espada. No se daba cuenta de que hubiera sido más caritativo ocultarme todo aquello, y aún añadió lo que debieron de seguir chismorreando, qué tipo de personas triunfaría con algo así, y lo lisonjeados y divertidos que se sentirían con el castigo a mi arrogancia y mi desprecio hacia otros, lo que ya hacía tiempo me echaban en cara. Oír todo esto, Wilhelm, de sus labios, con la más sincera simpatía en el tono de voz... Estaba destrozado, aún estoy furioso. Hubiera querido que alguno se atreviera a echármelo en cara, para poder atravesarle el cuerpo con la espada. De haber visto la sangre, me habría sentido mejor. Ah, mil veces he empuñado un cuchillo, para dar aire a este oprimido corazón. Cuentan de una noble raza de caballos, que, cuando han sido arreados hasta la extenuación, instintivamente se muerden una vena, para ayudarse así a respirar. Eso me pasa a mí a menudo: me gustaría abrirme una vena que me proporcionara la libertad eterna.

24 de marzo

He solicitado mi dimisión a la corte y espero obtenerla. Me perdonaréis que no os haya pedido antes permiso para ello. Tenía que salir de aquí de una vez, y lo que tuvierais que decir para lograr que me quedara, lo sé todo, así que... Comunícaselo a mi madre debidamente aderezado, yo mismo no puedo ayudarme, y podrá comprender que tampoco pueda ayudarla a ella. En cualquier caso, le ha de doler. Ver la fulgurante carrera que había de llevar a su hijo directamente a una consejería o a una legación, truncada así de golpe... ¡Y vuelta con el animalito al establo! Pensad lo que queráis y haced todas las combinaciones posibles por las cuales yo podría o debería haberme quedado. Basta, me voy, y para que sepáis adónde me dirijo, sabed que el príncipe ***, que encuentra mucho placer en mi compañía, está aquí y me ha pedido, en cuanto ha sabido de mi intención, que le acompañe a sus posesiones, para pasar allí la primavera. Podré estar a mis anchas, me lo ha prometido, y como hasta cierto punto nos entendemos, quiero pues probar fortuna e irme con él.

Para información.

19 de abril

Gracias por tus dos cartas. No contesté, pues retuve este papel hasta que llegara mi despido de la corte. Temí que mi madre quisiera dirigirse al ministro, poniendo trabas a mi proyecto. Pero ahora ya está hecho, mi despido ha llegado. No quisiera deciros cuán a regañadientes se me ha concedido y lo que el ministro me escribe: estallaríais en nuevas lamentaciones. El príncipe heredero me ha enviado como despedida veinticinco ducados, conmoviéndome hasta las lágrimas, así que ya no necesito el dinero que hace poco pedí a mi madre por escrito.

5 de mayo

Mañana me marcho de aquí, y como el lugar donde nací se encuentra tan sólo a seis millas de camino, me gustaría volver a verlo, recordar los viejos tiempos en que felizmente soñábamos. Quiero entrar por la misma puerta por la que mi madre salió conmigo cuando, tras la muerte de mi padre, abandonó el querido lugar familiar, para ir a encerrarse en su insoportable ciudad. Adiós, Wilhelm, tendrás noticias de mi expedición.

9 de mayo

He coronado la visita a mi patria con toda la devoción de un peregrino y me han embargado emociones inesperadas.

Mandé parar junto al gran tilo, que se alza a un cuarto de hora de la ciudad, en dirección a S, bajé y le ordené al cochero que siguiera, para degustar a pie cada recuerdo de modo totalmente nuevo, vivamente, como a mí me gusta. Y allí me encontré, bajo el tilo, que en otro tiempo, cuando era un muchacho, era la meta y el límite de mis paseos. ¡Qué distinto! Entonces anhelaba con feliz inconsciencia el mundo para mí desconocido, en el que esperaba encontrar tanto alimento para mi espíritu, tanto placer con el que llenar mi ávido y nostálgico corazón. Ahora vuelvo del ancho mundo, oh, amigo, con cuántas esperanzas rotas, con cuántos proyectos destrozados.

Veía ante mí las montañas, tantas veces objeto de mis deseos. Podía estar sentado allí durante horas, anhelando lo que había más allá, perderme con toda el alma por los bosques, por los valles, que ante mis ojos se presentaban en tan acogedora penumbra, y cuando entonces a una determinada hora debía volver, ¡con qué disgusto abandonaba aquel amado rincón!

Me acerqué a la ciudad, saludando a todas y cada una de las viejas y conocidas casitas con jardín —las nuevas no eran de mi agrado, como tampoco cualquier cambio que por lo demás se hubiera realizado—, pasé por la puerta de la ciudad, y de nuevo me encontré tal y como en otro tiempo. Querido amigo, no quisiera entrar en detalles: cuanto más encantador fuera, más monótono se volvería en mi relato. Había decidido alojarme junto al mercado, justo al lado de nuestra vieja casa. Al ir hacia allí, me di cuenta de que la escuela en la que una anciana y honrada señora nos apiñaba en nuestra niñez, se había convertido en una tienducha. Recordé la inquietud, las lágrimas, la apatía, la angustia que hube de soportar en aquel agujero. No di un solo paso que no me resultara memorable. Un peregrino en Tierra Santa no se topa con tantas estaciones de religioso recuerdo, y su alma difícilmente se verá tan embargada por la santa emoción. Aún un ejemplo entre mil. Recorrí el río aguas abajo, hasta cierto caserío. Éste solía ser también entonces mi recorrido, y el rincón en el que los chicos nos entrenábamos, tratando de que nuestra piedra diese la mayor cantidad posible de saltos sobre la superficie del agua. Recordé vivamente que a veces me quedaba allí, contemplando el agua, y con qué maravillosos presentimientos la seguía, qué llenos de aventuras me imaginaba los parajes hacia los cuales discurría, y qué pronto encontraba entonces límites a mi fantasía, y sin embargo debía ir más lejos, siempre más lejos, hasta perderme por completo en la contemplación de una invisible lontananza. ¿Ves?, amigo mío, así de limitados y de dichosos eran nuestros espléndidos antepasados. ¡Así de ingenua su emoción! ¡Su poesía! Cuando Ulises habla del inconmensurable mar y de la tierra infinita, resulta tan cierto, humano, entrañable, íntimo y misterioso. ¿De qué me sirve ahora poder decir, como cualquier colegial, que la tierra es redonda? El ser humano necesita tan sólo unos pocos terrones para gozar sobre la tierra, y menos aún para descansar bajo ella.

Aquí estoy, en la residencia de caza del príncipe. Se puede vivir muy bien con este señor. Es sencillo y sincero. En torno a él hay tipos asombrosos, a los que yo no comprendo en absoluto. No parecen pícaros, aunque tampoco tienen el aspecto de las gentes honradas. A veces me parecen honrados y sin embargo no puedo fiarme de ellos. Lo que más siento es que él a menudo hable de cosas acerca de las cuales sólo ha leído u oído hablar, y por cierto que lo hace precisamente desde el punto de vista que otro haya querido imponerle.

También él aprecia mi sensatez y mis talentos por encima de este corazón que, sin embargo, es mi único orgullo, él solo es el origen de todo, de toda fuerza, de toda dicha y de toda aflicción. Ah, lo que yo sé, puede saberlo cualquiera... Mi corazón sólo yo lo tengo.

25 de mayo

Tenía algo en mente, acerca de lo cual no quería deciros nada hasta que estuviera concluido. Ahora que no ha de salir nada de ahí, da lo mismo. Quería ir a la guerra, hace tiempo que lo llevaba en el corazón. Por eso, sobre todo, he seguido hasta aquí al príncipe, que es general al servicio de ***. Durante un paseo le revelé mi proyecto, él me disuadió, y tendría que ser en mí mayor la pasión que el capricho para no haber prestado atención a sus razones.

11 de junio

Di lo que quieras, no puedo quedarme por más tiempo. ¿Qué tengo yo que hacer aquí? El tiempo se me hace largo. El príncipe me trata tan bien como es posible, y sin embargo no estoy donde me corresponde. En el fondo, no tenemos nada en común. Él es un hombre de juicio, pero de un juicio muy vulgar. Su trato ya no me entretiene más que la lectura de un libro bien escrito. Aún me quedaré ocho días y entonces a vagar de nuevo sin rumbo. Lo mejor que he hecho estando aquí es dibujar. El príncipe tiene sensibilidad para el arte, y aún la tendría mayor si no estuviera limitado por la infame mentalidad científica y por la terminología al uso. A veces me rechinan los dientes, cuando, con ardiente imaginación, le hago de guía a través de la naturaleza y del arte, y él, creyendo que lo hace muy bien, mete la pata soltando un trillado término artístico.

16 junio

Sí, sólo soy un vagabundo, un peregrino en este mundo. ¿Acaso vosotros sois algo más?

18 de junio

¿Qué adónde quiero ir? Deja que te lo diga en confianza. Aún he de quedarme aquí unas dos semanas, y entonces me he dicho a mí mismo que quiero ir a visitar las minas de ***, aunque en el fondo da lo mismo, sólo quiero estar de nuevo más cerca de Lotte, eso es todo. Y me río de mi propio corazón... y le dejo hacer su voluntad.

29 de julio

¡No, está bien! ¡Todo va bien! ¡Yo, su marido! Oh, Dios que me creaste, si me hubieras concedido esa dicha, toda mi vida sería una continua plegaria. No quiero discutir, perdóname estas lágrimas, perdóname mis vanos deseos. ¡Ella, mi mujer! Si hubiera estrechado entre mis brazos a la más amable criatura que hay bajo el sol... Un escalofrío me recorre todo el cuerpo, Wilhelm, cuando Albert la estrecha por el fino talle.

Y, ¿puedo decirlo? ¿Por qué no, Wilhelm? ¡Conmigo ella habría sido más feliz que con él! Oh, él no es el hombre capaz de colmar todos los deseos de ese corazón. Cierta falta de sensibilidad, una falta que... Tómalo como quieras... Que hace que su corazón no palpite a la par ante... Oh, ante un pasaje de un buen libro, ante el cual mi corazón y el de Lotte se encontraban en *uno* solo. Y en otros cientos de casos, cuando se trata de expresar nuestras emociones frente a la acción de un tercero. ¡Querido Wilhelm! Es cierto que él la ama con toda el alma. Y un amor como ése... ¡Qué no se merecerá ella!

Un tipo insoportable me ha interrumpido. Mis lágrimas se han secado. Estoy distraído. ¡Adiós, querido amigo!

4 de agosto

Esto no sólo me ocurre a mí. Todos los hombres se ven frustrados en sus ilusiones, defraudados en sus esperanzas. Visité a mi buena mujer bajo el tilo. El mayor de los chicos corrió hacia mí, y a su grito de alegría acudió la madre, que parecía muy abatida. Sus primeras palabras fueron: Buen señor. ¡Ah, se me ha muerto mi Hans! Era el más pequeño de los chicos.

Me quedé callado. Y mi marido, dijo ella, ha vuelto de Suiza, y no ha traído nada consigo, y si no hubiera sido por algunas buenas gentes habría tenido que mendigar. De regreso, pilló unas fiebres. No pude decirle nada; le di algo al pequeño. Ella me rogó que aceptara unas cuantas manzanas, lo que hice, y abandoné el lugar de triste recuerdo.

21 de agosto

Con la rapidez con la que se le da la vuelta a una tortilla, así mudan las cosas para mí. A veces, la vida parece dedicarme una mirada amable, pero, ay, sólo durante un instante... Cuando me pierdo en ensoñaciones, no puedo reprimir la idea: ¿Qué pasaría si Albert muriese? ¡Serías...! Sí, ella sería... Y entonces corro en pos de esa quimera, hasta que me conduce al borde de la sima, ante la cual siento un estremecimiento.

Cuando salgo por la puerta de la ciudad, por el camino que hice la primera vez, al ir a recoger a Lotte para el baile... ¡Qué distinto era todo entonces! ¡Todo! ¡Todo ha terminado! No queda nada de aquel mundo, ninguna pulsación de mis sentimientos de entonces. Me siento como debe de sentirse un espíritu que regresa al castillo incendiado y en ruinas que en otro tiempo, siendo un príncipe floreciente, construyó, dotándolo de todos los suntuosos dones, y que al morir hubiera dejado, esperanzado, a su querido hijo.

3 de septiembre

¡A veces no comprendo cómo es que otro puede amarla, se permite amarla, cuando tan sólo yo la amo tan ferviente, tan plenamente, sin conocer nada, sin saber de nada, sin tener nada que no sea ella!

4 de septiembre

Sí, así es. Tal y como la naturaleza tiende hacia el otoño, se hará el otoño en mí y en torno a mí. Mis hojas irán amarilleando, y ya han caído las hojas de los árboles vecinos. ¿No te escribí ya en una ocasión, al poco de llegar aquí, acerca de un joven campesino? Ahora he vuelto a preguntar por él en Wahlheim. Me han dicho que fue expulsado del puesto y que nadie quiso saber nada más de él. Ayer me lo encontré más o menos a mitad de camino hacia otro pueblo, hablé con él y me contó su historia, que me ha conmovido doble, triplemente, como fácilmente comprenderás en cuanto te la vuelva a contar. Mas, ¿a qué todo esto? ¿Por qué no reservarme para mí lo que me inquieta y mortifica? ¿Por qué apenarte a ti también? ¿Por qué siempre te doy ocasión para que me compadezcas y me reprendas? Sea pues, ¿también esto podría formar parte de mi destino?

Con taciturna tristeza, en la que me pareció apreciar cierto aire de timidez, el pobre hombre respondió primero a mis preguntas, aunque muy pronto lo hizo de manera más abierta, como si de pronto me hubiera reconocido, y no sólo a mí, sino también a sí mismo, me confesó sus errores y se lamentó de su desgracia. ¡Si pudiera, querido amigo, exponerte cada una de sus palabras! Reconoció, sí, me contó, con una suerte de placer y dicha al rememorarlo, que su pasión por su ama fue acrecentándose de día en día, de modo que al final no sabía lo que hacía, no, tal y como lo dijo: dónde tenía la cabeza. Que no podía ni comer, ni beber, ni dormir, que la garganta se le había cerrado, que había hecho lo que no debía haber hecho, que lo que le habían encomendado se le había olvidado, que se sentía como si un espíritu maligno le persiguiera, hasta que un día, sabiendo que ella estaba en una de las habitaciones de arriba, se fue tras ella, más aún, que fue arrastrado por ella. Y que como ella no prestó atención a sus ruegos, trató de hacerla suya por la fuerza, que no sabe cómo ocurrió, y que pone a Dios por testigo de que sus intenciones hacia ella fueron siempre honestas y que nada deseaba con tanto anhelo como el que ella se casara con él, que ella quisiera compartir toda su vida con él. Cuando llevaba ya un buen rato hablando, empezó a atascarse como quien aún tiene algo que decir y no se atreve a soltarlo. Al fin, me confesó, también con timidez, las pequeñas confianzas que ella le había permitido y la intimidad que le había concedido. Se interrumpió dos, tres veces, y con las más vivas protestas repitió que no lo decía para hacerle mal —según se expresó él mismo—, que la amaba y la apreciaba como antes, que algo así nunca había salido de su boca, que sólo me lo decía para convencerme de que no era un trastornado y un insensato.

Y aquí, mi querido amigo, retomo mi vieja cantinela que habré de entonar eternamente: Si pudiera representártelo, tal y como estaba ante mí, como aún está ante mí. Si pudiera contarte como es debido, para que sintieras hasta qué punto participo, he de participar, en su destino. Pero, basta, pues como ya conoces mi destino y también me conoces, sabes demasiado bien lo que me atrae de cualquier desdichado, lo que en especial me atrae de este desgraciado.

Al releer la carta, veo que he olvidado contarte el final de la historia, que sin embargo es fácil de suponer. Ella se resistió, acudió su hermano, que desde hacía tiempo le odiaba y que hacía mucho quería verlo fuera de la casa, pues temía que, si su hermana se volvía a casar, sus hijos perdieran la herencia, por la que ahora que ella no tiene niños abriga esperanzas. Le echó en el acto de la casa y montó tal escena que la mujer, de haberlo querido, no habría podido volver a tomarlo a su servicio. Ahora ha tomado a otro criado. También por causa de éste se dice que ha tenido desavenencias con el hermano, y se tiene por cierto que se casará con él, aunque nuestro joven está firmemente decidido a no tener que sufrirlo.

Lo que te cuento no es exagerado, no está en absoluto embellecido. Sí, puedo decir que me he quedado corto, muy corto, y que lo he trivializado al contarlo con nuestras habituales y decentes palabras.

Ese amor, esa fidelidad, esa pasión no son, por tanto, una re-creación poética. Se da, vive en su mayor pureza entre esa clase de gente que nosotros denominamos inculta, grosera. ¡Nosotros los cultos...! ¡Cultivados para nada! Lee esta historia con devoción, te lo ruego. Hoy, mientras te escribo esto, estoy tranquilo. Verás por mi letra que no he hecho como otras veces tachones ni borrones. Lee, queridísimo amigo, y piensa al hacerlo que es la historia de tu amigo. Sí, así me ha ido a mí, así me irá, y no soy ni la mitad de valiente, ni la mitad de resuelto, que este pobre desgraciado, con el que apenas me atrevo a compararme.

5 de septiembre

Había escrito una notita a su marido, quien se encontraba en el campo, donde le retenían ciertos negocios. Empezaba: «Querido, queridísimo, ven tan pronto como puedas, te espero de mil amores». Un amigo, al entrar, trajo la noticia de que por determinadas circunstancias no podría regresar tan pronto. La carta quedó interrumpida y cayó en mis manos por la noche. La leí y sonreí, ella me preguntó por qué. ¡Qué don divino resulta el poder de la imaginación!, exclamé. Por un momento he podido imaginar que estaba dirigida a mí. Cortó la conversación, parecía haberle molestado, y yo callé.

6 de septiembre

Me ha costado mucho tomar la decisión de desprenderme de mi sencillo frac azul, aquel con el que bailé por primera vez con Lotte, pero al fin y al cabo estaba impresentable. Además, me he mandado hacer uno idéntico al anterior, con cuello y solapas, y con el chaleco amarillo y las calzas a juego [33].

---

[33] El atuendo aquí descrito se lo toma prestado Goethe a Jerusalem, para vestir a Werther, siguiendo las descripciones de Kestner.

Pero no acaba de producir el mismo efecto. No sé... Creo que con el tiempo también le cogeré cariño.

12 de septiembre

Se había marchado unos días, para ir a recoger a Albert. Hoy entré en su aposento, ella vino hacia mí y yo besé su mano con gran placer.

Un canario voló desde el espejo hasta su hombro. Un nuevo amigo, dijo ella y lo atrajo hacia su mano. Es para mis pequeños. ¡Es tan simpático! ¡Vedlo! Cuando le doy pan, revolotea y picotea con tanto cuidado... ¡También me besa! ¡Ved!

Cuando le ofreció sus dulces labios, el animalito los apretó tan delicadamente como si pudiera sentir la dicha de que gozaba.

Tiene que besaros también a vos, dijo, pasándome el pájaro. El piquito pasó de su boca a la mía, y el roce fue como una exhalación, un presentimiento de amoroso deleite.

Su beso, dije, no está falto de avidez, busca alimento y retorna insatisfecho por lo vano de la caricia.

También come de mi boca, dijo ella. Le tendió algunas migas con los labios, desde los que las alegrías de un amor inocente y solícito sonreían con verdadera delicia.

Volví el rostro hacia otro lado. ¡No debería hacer eso! No debería excitar mi imaginación con aquellas imágenes de celestial inocencia y felicidad, ni despertar mi corazón del sueño, en el que en ocasiones lo mece la indiferencia de la vida... ¿Y por qué no? ¡Me tiene tanta confianza! Sabe cuánto la quiero.

15 de septiembre

Es para volverse loco, Wilhelm. Que haya gente sin interés ni sentido para lo poco que sobre la tierra aún tiene algún valor. Conoces los nogales bajo los cuales me senté con Lotte en

casa del honorable pastor de San..., los magníficos nogales
que, Dios lo sabe, siempre colmaron mi alma con las mayores
dichas. ¡Qué íntimo hacían el patio de la rectoría! ¡Qué fresco!
¡Y qué magníficas eran sus ramas! Y la evocación de los ho-
norables eclesiásticos que hace tantísimos años los plantaron.
El maestro solía decirnos el nombre de uno de ellos, que había
escuchado a su abuelo. Debió de ser un hombre de bien, y su
recuerdo bajo los árboles siempre me pareció sagrado. Te digo
que al maestro se le saltaban las lágrimas cuando ayer hablamos de que los habían talado... ¡Talados! Voy a volverme loco,
quisiera matar al perro que les dio el primer golpe. Yo que, de
haber tenido un par de árboles como ésos en el patio, habría
sido capaz de ponerme de luto si uno se me hubiera muerto de
viejo, yo tengo que presenciar esto. Pero, mi querido amigo,
aún hay algo más. ¡Hay que ver! ¡Lo que es la sensibilidad humana! Todo el pueblo murmura, y espero que la mujer del
párroco perciba en la mantequilla y en los huevos y en las demás muestras de consideración la herida que ha causado al lugar. Pues es *ella,* la mujer del nuevo párroco —nuestro viejo
párroco ha muerto—, una criatura descarnada y enfermiza que
tiene muchos motivos para no interesarse por nada en el
mundo, ya que nadie se interesa por ella. Una loca que se las
da de ilustrada, se entromete en el estudio del canon, trabaja
mucho en pro de la reforma crítico-moral del cristianismo siguiendo la última moda y se encoge de hombros ante las extravagancias de Lavater[34], tiene la salud arruinada y por tanto
no puede disfrutar de ninguna alegría en esta tierra de Dios.
Una criatura semejante es capaz ella sola de cortar mis nogales. ¿Lo ves? ¡No vuelvo en mí! Imagínate, las hojas caídas le
manchan y le empapan el patio, los árboles le quitan la luz del
día, y cuando las nueces están maduras, los chicos les lanzan
piedras y eso le crispa los nervios, estorbándola en sus profun-

---

[34] Fisionomista suizo amigo de Goethe e inspirador del *Sturm und
Drang.*

das meditaciones cuando compara entre sí a Kennikot, Semler y Michaelis [35]. Al ver a la gente del pueblo, especialmente a los viejos, tan descontentos, les dije: ¿Por qué lo habéis permitido? Si el alcalde quiere, aquí en el campo, dijeron, ¿qué se puede hacer? Pero algo bueno ha ocurrido. El alcalde y el párroco, que quiso también sacar algo de los antojos de su mujer, porque si no no le haría el caldo gordo, pensaban repartirse los beneficios. Pero entonces se enteró la cámara y dijo: ¡Adelante! Pues también ellos tenían viejas pretensiones sobre la parte de la rectoría en la que se encontraban los árboles, y la vendieron al mejor postor. ¡Ya están por el suelo! ¡Ah, si yo fuera príncipe! A la mujer del párroco, al alcalde y a la cámara les... ¡Príncipe! Sí, si fuera príncipe, ¡qué me importarían los árboles de mis tierras!

10 de octubre

¡En cuanto veo sus ojos negros, me siento bien! Verás, lo que siento es que Albert no parece tan dichoso como esperaba... Como yo... Como creí que sería si... No me gusta poner puntos suspensivos, pero no puedo expresarme de otra manera... Y me parece que soy bastante claro.

12 de octubre

Ossian ha desplazado a Homero en mi corazón. ¡A qué mundos me transporta el excelente poeta! Vagar por la campiña rodeado por el viento de la tormenta, que entre nieblas vaporosas transporta los espíritus de los antepasados a la mortecina luz de la luna. Oír desde las montañas los gemidos de los espíritus que, surgiendo de las cavernas, se dispersan en

---

[35] Todos ellos teólogos y revolucionarios hermeneutas de la Biblia.

medio del estrépito de la corriente del bosque, y los lamentos
de la muchacha que junto a las cuatro piedras cubiertas de
musgo y hierba llora la muerte del noble caído, su amado. Si
encuentro entonces al bardo encanecido y errante que, buscando por la amplia campiña las huellas de sus antepasados,
halla —¡ay!— sus estelas y levanta la vista, entre lamentos,
hacia el amado astro del ocaso que se oculta tras el mar em-
bravecido, y los tiempos del pasado renacen en el alma del
héroe, cuando el amistoso rayo aún alumbra los peligros de
los intrépidos, y la luna ilumina su nave que regresa victo-
riosa y coronada. Cuando leo sobre su frente la profunda
aflicción, cuando veo al último y sublime poeta abandonado
inclinarse desfallecido sobre su tumba, cómo saca siempre
nuevos, dolorosos y ardientes gozos de la marchita presencia
de las sombras de sus difuntos, y, bajando la mirada hacia la
fría tierra, hacia la alta hierba mecida por el viento, exclama:
El caminante ha de venir, ha de venir el que conoció mi belleza, y preguntará: ¿Dónde está el rapsoda, el noble hijo de
Fingal? Pasa de largo sobre mi tumba y pregunta en balde por
mí en la tierra.

Oh, amigo, quisiera cual noble hombre de armas sacar la
espada, liberar de una vez a mi príncipe del lacerante tormento
de una vida que agoniza lentamente y enviar mi alma al semidiós liberado [36].

19 de octubre

¡Ah, qué vacío! ¡Qué terrible vacío siento en medio de mi
pecho! A menudo pienso: si sólo *una vez,* sólo *una vez* pudiera
estrecharla contra este corazón, todo ese vacío se colmaría.

---

[36] Es significativo que en Werther produzca tanto impacto la historia de
Ossian, en la que unos seres inocentes, pero llenos de fortaleza, se encuentran con un destino trágico ante el que sólo les cabe morir con dignidad.

26 de octubre

Sí, estoy seguro, amigo, seguro, y cada vez más seguro de que la existencia de una criatura tiene poca importancia, muy poca. Vino una amiga de Lotte y yo me fui al cuarto contiguo a buscar un libro, pero no podía leer, así que cogí una pluma para escribir. Las oía hablar en voz baja, se contaban cosas sin importancia, novedades de la ciudad: que si ésta se casa, que si la otra está enferma, muy enferma. Tiene una tos seca, los huesos se le ven en la cara, y tiene desmayos. No doy ni un duro por su vida, dijo una. N. N. también está muy mal, dijo Lotte. Ya se ha hinchado, dijo la otra. Y mi viva imaginación me llevó junto al lecho de aquellos desgraciados. Los vi, con qué repugnancia daban la espalda a la vida, cómo ellos... ¡Wilhelm! Y mis mujercitas hablaban de ello tal y como se habla de la muerte de un extraño. Y al mirar en torno a mí, al ver el cuarto y a mi alrededor los vestidos de Lotte y los escritos de Albert y esos muebles que me son tan queridos, incluso ese tintero, pienso: ¡Ves lo que eres para esta casa! En resumidas cuentas. ¡Tus amigos te veneran! A menudo eres una alegría para ellos y a tu corazón le parece que no podría vivir sin ellos, y, sin embargo, si te fueras, si te alejaras de su círculo, ¿lo notarían? ¿Durante cuánto tiempo notarían la brecha que tu pérdida abriría en su destino? ¡Oh! Qué efímero es el hombre, pues también allí donde su existencia tiene indudable certeza, allí donde su presencia deja la única y verdadera impronta, en el recuerdo, en el alma de sus seres queridos, también allí ha de extinguirse, de desaparecer. ¡Y tan pronto!

27 de octubre

A menudo, al ver lo poco que somos los unos para los otros, quisiera desgarrarme el pecho y romperme la crisma. Ah, el amor, la alegría, el calor y el goce que yo no aporte, no me los dará otro, y con un corazón lleno de felicidad no haré feliz a otro que esté ante mí frío y sin fuerzas.

27 de octubre, por la tarde

Tengo tanto... Y la emoción que siento por ella lo devora
todo. Tengo tanto... Y sin ella, todo se reduciría a la nada.

30 de octubre

¡Si no he estado ya cientos de veces a punto de abrazarla!
El buen Dios sabe lo que supone ver pasar ante uno tanta gen-
tileza y no poder cogerla... Y echar mano a algo es el impulso
más natural en el hombre. ¿No cogen los niños todo lo que se
les antoja? ¿Y yo?

3 de noviembre

¡Sabe Dios! A menudo me voy a la cama con el deseo, incluso a veces con la esperanza de no volver a despertar. Y por
las mañanas, abro los ojos, veo de nuevo el sol y me siento
miserable. ¡Ah! Si al menos pudiera ser un inconstante y
echarle la culpa al tiempo, a un tercero, a una empresa frus-
trada, así la carga insoportable de mi enojo sólo a medias cae-
ría sobre mí. ¡Ay de mí! Siento demasiado ciertamente que la
culpa es sólo mía... ¡La culpa no! Basta con que en mí esté
oculta la fuente de toda desgracia, como en otro tiempo la de
todas las dichas. ¿No soy acaso el mismo que en otro tiempo
flotaba en la plenitud de la emoción, al que a cada paso se le
presentaba el paraíso, aquel que tenía un corazón capaz de
abarcar amorosamente el mundo entero? Y ese corazón ahora
está muerto, de él no brotan ya más entusiasmos. Mis ojos están secos y mis sentidos, que no serán ya confortados por lágrimas reparadoras, contraen angustiosamente mi frente. Sufro mucho, pues he perdido lo que era el único goce de mi
vida, la sagrada fuerza vivificadora, con la que creaba mundos
a mi alrededor. ¡Se acabó! Cuando desde mi ventana contem-

plo la lejana colina, cómo el sol de la mañana rompe la niebla acumulada sobre ella y alumbra la silenciosa pradera, y el tierno río serpentea hacia mí por entre los sauces sin hojas... ¡Oh! Cuando esta magnífica naturaleza se presenta ante mí tan rígida como un cuadrito lacado, y todo ese placer no es capaz de bombear una sola gota desde mi corazón hasta el cerebro, el pobre diablo está ante Dios como un pozo seco, como un cubo agrietado. A menudo me he tirado al suelo y le he rogado a Dios que me diera lágrimas, como un labrador ruega la lluvia cuando el cielo sobre él se muestra inquebrantable y la tierra a su alrededor se muere de sed.

Pero, ay, lo sé, Dios no concede lluvia y sol a nuestros impetuosos ruegos, y aquellos tiempos cuyo recuerdo me atormenta, ¿por qué eran tan dichosos? Porque entonces yo esperaba con paciencia su espíritu, y el placer que sobre mí derramaba lo recogía de todo corazón, profundamente agradecido.

8 de noviembre

¡Me ha reprochado mis excesos! ¡Ay, pero con tanta amabilidad! Mis excesos... Que algunas veces me dejara llevar por un vaso de vino y me bebiera una botella. ¡No lo hagáis!, me dijo. ¡Pensad en Lotte! ¡Pensar!, dije yo. ¿Tenéis que decírmelo? ¡Yo pienso...! ¡Yo no pienso! Vos estáis siempre en mi alma. Hoy me senté justo en el punto en el que hace poco os apeasteis del coche... Se puso a hablar de otra cosa, para impedirme que profundizara en el tema. Mi querido amigo, ¡estoy perdido! Puede hacer conmigo lo que quiera.

15 de noviembre

Te agradezco, Wilhelm, tu sincero interés, tu amistoso consejo, y te ruego que tengas calma. Deja que soporte mis males. Con todo lo cansado que estoy de vivir, aún tengo fuerzas para sobreponerme. Respeto la religión, tú lo sabes. Siento que se trata de un báculo para algunos desfallecidos, un alivio para algunos a punto de consumirse de sed. Sólo que, ¿puede serlo, debe serlo para todos y cada uno de nosotros? Si contemplas el vasto mundo, verás a miles para los que no lo fue, miles para los que no lo será, tanto si les ha sido predicada como si no, ¿y debe serlo entonces para mí? ¿No dijo el propio Hijo de Dios que sólo estarían con Él aquellos que su Padre hubiera dispuesto? ¿Y si el Padre no lo hubiera dispuesto para mí? ¿Y si quisiera retenerme junto a Él, tal y como me dice mi corazón? Te lo ruego, no me interpretes mal, no veas la más mínima burla en estas inocentes palabras: es mi alma entera lo que te expongo. Si no, preferiría haberme callado. No me gusta perder una sola palabra hablando de esto, acerca de lo cual cualquiera sabe tan poco como yo. ¿No es acaso el destino del hombre soportar su carga, apurar su cáliz? Y si al Dios del cielo, con labios humanos, el cáliz le supo tan amargo, ¿por qué habría yo de darme importancia y hacer como si me resultara dulce? ¿Y por qué habría de avergonzarme en el terrible instante en el que toda mi existencia tiembla entre el ser y el no ser, pues el pasado brilla como un relámpago sobre la oscura sima del futuro y todo a mi alrededor se hunde y conmigo se extingue el mundo? ¿No es ésa la voz de la criatura angustiada, desamparada, que se hunde sin remedio, clamando desde las profundidades de sus fuerzas que en vano se renuevan: «¡Dios mío! ¡Dios mío! ¿Por qué me has abandonado?». ¿Y habría yo de avergonzarme por utilizar esa expresión? ¿De tener miedo del instante del que no pudo sobreponerse Aquel que pliega los cielos como si fueran un trapo?

21 de noviembre

Ella no ve, no siente que está fabricando un veneno que nos destruirá, a mí y a ella, y yo con gran voluptuosidad apuro el vaso que ella, para mi perdición, me tiende. ¿Qué significa esa

mirada complaciente que me dirige a menudo? ¿A menudo?
No, a menudo no, aunque sí a veces. ¿La complacencia con
que acoge una expresión espontánea de mi sentimiento? ¿La
compasión por mi resignación, que se dibuja en su frente?

Ayer, cuando me marché, me tendió la mano y me dijo:
Adiós, querido Werther... ¡Querido Werther! Era la primera
vez que me llamaba «querido» y me llegó al alma. Me lo he
repetido cientos de veces y ayer por la noche, cuando me disponía a irme a la cama, charlando conmigo mismo de diversas
cuestiones, de pronto me dije: ¡Buenas noches, querido Werther! Y después no pude por más que reírme de mí mismo.

22 de noviembre

No puedo pedir a Dios «¡déjamela!» y, sin embargo, a
menudo me parece que es mía. No puedo pedir a Dios
«¡dámela!», pues es de otro. Bromeo con mis propias penas, y
si me dejase llevar, resultaría una larga letanía de contradic-
ciones.

24 de noviembre

Se da cuenta de lo que sufro. Hoy su mirada me ha atrave-
sado el corazón. La encontré sola, no dije nada. Ella me miró,
y yo no vi ya en ella la encantadora belleza, ni el brillo de su
acertado ingenio, todo ello había desaparecido ante mis ojos.
Una mirada mucho más sublime, que expresaba el más pleno
y profundo interés, la más dulce compasión, actuó sobre mí.
¿Por qué no puedo arrojarme a sus pies? ¿Por qué no puedo
corresponderla cubriendo su cuello con miles de besos? Ella
buscó refugio en el piano y con voz apagada y dulce acom-
pañó los armoniosos acordes de su música. Jamás había visto
sus labios tan seductores. Era como si se abrieran, ansiando
aspirar aquellos dulces tonos que brotaban del instrumento, y

sólo resonara el íntimo eco de su casta boca... Sí, si pudiera decírtelo así... No pude contenerme mucho tiempo, me incliné y juré: ¡Jamás osaré daros un beso, labios en los que flotan los espíritus del cielo! Y sin embargo... Quiero... ¡Ah! ¿Lo ves? Se alza ante mi alma como un tabique... Esa dicha... Y después morir, para expiar ese pecado... ¿Pecado?

26 de noviembre

A veces me digo: Tu destino es único. Considera dichosos a los demás... Nadie ha sido aún atormentado de esta forma. Entonces leo a un poeta de la antigüedad y me parece como si viera el interior de mi propio corazón. ¡Me queda tanto que soportar! ¡Ah! ¿Fueron ya entonces los hombres antes que yo tan desgraciados?

30 de noviembre

¡No podré, no podré recobrarme! Allá donde voy, me topo con una visión que me deja completamente aturdido. ¡Hoy! ¡Oh, destino! ¡Oh, humanidad!

A mediodía me fui hacia el río, no tenía ganas de comer. Todo estaba desierto, el frío y húmedo viento de la tarde soplaba desde la montaña y unas nubes grises, cargadas de lluvia, avanzaban por el valle. A lo lejos vi a un hombre con un miserable sayón verde, que hurgaba entre las rocas y parecía estar buscando hierbas. Cuando me acerqué hacia él, se volvió al oír el ruido que hice y me encontré con una fisonomía realmente interesante, en la que el rasgo dominante era una serena tristeza, pero que por lo demás no irradiaba más que una sincera sensatez. Sus cabellos negros estaban sujetos con horquillas en dos rodetes, y el resto entrelazados en una gruesa trenza que le colgaba por la espalda. Como su vestimenta me pareció indicar que se trataba de un hombre de baja condición, creí que no le molestaría que prestara atención a sus quehaceres, y por eso le pregunté qué era lo que buscaba. Busco, me contestó con un profundo suspiro, flores... Y no encuentro ninguna. Es que no es la época, le dije sonriendo. Hay tantas flores, dijo, al tiempo que descendía hacia mí. En mi jardín hay rosas y madreselva de dos clases, una me la dio mi padre, y crecen como la grama. Llevo ya dos días buscando y no las encuentro. Allí en casa siempre hay flores, amarillas y azules y rojas, y la centaura menor tiene unas florecillas preciosas. No encuentro ninguna. Advertí algo extraño, y por eso le pregunté dando un rodeo qué era lo que quería hacer con las flores. Una espasmódica y asombrosa sonrisa contrajo su rostro. Si no me delatáis, dijo llevándose un dedo a los labios. Le he prometido un ramo a mi amada. Muy bien, le dije. ¡Oh!, exclamó. Ella tiene muchas cosas, es rica. Y, sin embargo, le agradará vuestro ramo, repliqué. Oh, continuó. Ella tiene joyas y una corona. ¿Pues cómo se llama? Si los Estados Generales se dignaran pagarme, continuó él, yo sería otro hombre. Sí, hubo un tiempo en el que me fue muy bien. Ahora todo se acabó para mí. Ahora estoy... Una húmeda mirada que dirigió hacia el cielo lo explicó todo. ¿Así que erais feliz?, le pregunté. ¡Ah, quisiera volver a ser como fui!, dijo. Entonces me sentía tan bien, tan dichoso y tan ligero como un pez en el agua. ¡Heinrich!, exclamó una anciana que venía por el camino. Heinrich, ¿dónde te has metido? Te hemos estado buscando. ¡Ven a comer! ¿Es vuestro hijo?, le pregunté, acercándome a ella. Sí, mi pobre hijo, me contestó. Dios me ha dado una pesada cruz. ¿Hace cuánto que está así?, le pregunté. Así de tranquilo, dijo ella, lleva ya medio año. Gracias a Dios que no ha ido a más, antes estuvo todo un año con delirios, encadenado en un manicomio. Ahora no le hace nada a nadie, sólo anda a vueltas con los reyes y los emperadores. Era un hombre tan bueno y tranquilo, me ayudaba a ganar el sustento, tenía una hermosa letra, y de pronto se volvió melancólico, le dio una fiebre violenta, y después la locura, y ahora es como usted le ve. Si yo le contara, señor...

Interrumpí el torrente de sus palabras con la pregunta acerca de qué tiempos eran esos en los que se preciaba de haber sido tan dichoso y de haberle ido tan bien. ¡Pobre infeliz!, exclamó con una compasiva sonrisa. Se refiere a la época en la que no estaba en sus cabales, de ésa se vanagloria siempre. Es la época en la que estaba en el manicomio, en la que no sabía nada de sí. Fue como si me hubiera alcanzado un rayo, le puse una moneda en la mano y me alejé a toda prisa.

¡Cuando eras dichoso!, exclamé, apresurándome para llegar a la ciudad. ¡Cuando te sentías como un pez en el agua! ¡Dios del cielo! Has hecho que el destino de los hombres sea el de no ser felices sino antes de tener uso de razón y al volver a perderla. ¡El más desdichado...! Y, sin embargo, ¡cómo envidio tu tristeza, la tribulación de los sentidos en la que te consumes! Sales, esperanzado, a coger flores para tu reina, y no comprendes por qué no puedes encontrar ni una. Y yo... Yo salgo sin esperanza, sin objeto, y vuelvo a casa tal y como salí. Imaginas la clase de hombre que serías si los Estados Generales te pagaran. ¡Dichosa criatura, que puede achacar la insuficiencia de su felicidad a una traba terrenal! ¡No te das cuenta! No te das cuenta de que es en tu devastado corazón, en tu trastornado cerebro donde se encuentra tu desgracia, de la que ni todos los reyes de la tierra pueden librarte.

Debería morir sin consuelo quien se burla de un enfermo que parte hacia la más lejana fuente, la cual no hará sino agravar su enfermedad y hacer aún más dolorosa su agonía. Y quien pretende estar por encima del corazón oprimido que emprende una peregrinación hasta el Santo Sepulcro para liberarse de los remordimientos de su conciencia y acabar con las penas que atormentan su alma. Cada huella que las plantas de sus pies imprimen sobre cualquier camino intransitable es como una gota de bálsamo para el alma más angustiada, y con cada jornada el corazón se acuesta algo más aligerado en su opresión. ¿Y desde vuestras poltronas os atrevéis a llamar a esto locura, vosotros, mercaderes de la palabra? ¡Locura! ¡Oh, Dios! Tú ves mis lágrimas. Tú, que creaste al hombre tan pobre, ¿tenías que darle también hermanos que le robaran ese poco de pobreza, ese poco de fe que tiene en Ti, en Ti, que eres todo amor? Pues la fe en una raíz curativa, en las lágrimas de la vid, ¿qué es sino fe en Ti, que has puesto en todo lo que nos rodea la fuerza curativa y calmante que a cada paso necesitamos? ¡Padre! ¡Al que no conozco! ¡Padre! El que hasta ahora colmaba toda mi alma y que ahora me ha vuelto el rostro. ¡Llámame a tu lado! ¡No calles por más tiempo! Tu silencio no detendrá a esta alma sedienta... ¿Podría un hombre, un padre, enojarse porque su hijo, tras retornar de forma inesperada, se le eche al cuello y exclame: ¡Aquí estoy otra vez, padre mío!? No te enojes porque interrumpa el viaje que siguiendo tu voluntad debería haber continuado más tiempo. El mundo es por todas partes el mismo: a cambio del esfuerzo y del trabajo, recompensa y alegría. Pero, ¿qué me importa a mí? Sólo me encuentro bien donde estés Tú, y en tu presencia deseo padecer y gozar... Y Tú, querido Padre celestial, ¿habrías de rechazarlo?

1 de diciembre

¡Wilhelm! El hombre acerca del cual te escribí, el feliz desdichado, fue escribiente del padre de Lotte, y una pasión hacia ella, que él alimentó, ocultó, descubrió y por la que se prescindió de sus servicios, le hizo volverse loco. Comprende con estas pocas palabras lo mucho que me ha alterado esta historia al contármela Albert con la misma tranquilidad con la que tú tal vez la leerás.

4 de diciembre

Te lo ruego... ¿Ves? Se acabó. ¡No aguanto más! Hoy, sentado junto a ella... Estaba sentado, ella tocaba el piano, diversas melodías, ¡y con toda la emoción! ¡Toda! ¡Toda! ¿Qué quieres? Su hermanita limpiaba su muñeca sobre mis rodillas. Las lágrimas me vinieron a los ojos. Me incliné y su alianza me saltó a la vista... Mis lágrimas corrían... Y de pronto comenzó a tocar la vieja, celestial y dulce melodía, así, de repente, y una sensación de consuelo me recorrió el alma, y el recuerdo del pasado, de los tiempos en los que escuchaba la canción, de los aciagos intervalos de disgusto, de las esperanzas frustradas, y entonces... Recorrí la habitación arriba y abajo, mi corazón se ahogaba frente a aquella importunidad... Por el amor de Dios, dije, en un fuerte arrebato y acercándome a ella. ¡Por el amor de Dios! ¡Dejadlo!

Dejó de tocar y me miró fijamente. Werther, dijo con una sonrisa que me atravesó el alma. Werther, estáis muy enfermo, os repugna vuestro manjar favorito. ¡Marchaos! Os lo ruego, calmaos... Me alejé de ella y... ¡Dios! Tú ves mi desgracia y le pondrás fin.

6 de diciembre

¡Cómo me persigue su imagen! ¡Despierto o soñando, ocupa toda mi alma! Aquí, cuando cierro los ojos, aquí, en mi frente, donde se concentra la facultad interna de la vista, tengo sus ojos negros. ¡Aquí! No puedo explicártelo. Si cierro los ojos, ahí están, como un mar, como una sima descansan ante mí, en mí, ocupan mis sentidos.

¿Qué es el hombre? ¡Ese semidiós ensalzado! ¿Acaso no le faltan las fuerzas precisamente cuando más las necesita? Y cuando se eleva en su alegría o se hunde en su dolor, ¿no se verá en ambos casos detenido precisamente en ese momento, restituido precisamente en ese momento a la fría y obtusa conciencia de cuando ansiaba perderse en la plenitud del Infinito?

DEL EDITOR AL LECTOR [37]

Hubiera querido que de los últimos y memorables días de nuestro amigo se conservaran los suficientes testimonios de su puño y letra, de modo que yo no tuviera que interrumpir con mi narración la serie de cartas legadas por él. Me he esforzado por reunir informes exactos de boca de quienes pudieran estar bien enterados de su historia. Es sencilla, y todos los relatos coinciden entre sí hasta en el más mínimo detalle. Únicamente difieren las opiniones y los juicios en cuanto al modo de pensar de los distintos personajes.

No nos queda más que referir con escrupulosidad cuanto con renovado esfuerzo hemos podido saber, intercalar las cartas legadas por el difunto, sin despreciar ni la más pequeña nota que se haya encontrado. Máxime cuando resulta tan difícil averiguar los verdaderos y más particulares móviles aun de una única acción, especialmente si se trata de personas que no son del montón.

El disgusto y la desgana fueron echando raíces cada vez más profundas en el alma de Werther, enlazándose entre sí y apoderándose poco a poco de todo su ser. La armonía de su espíritu estaba destruida por completo. Un ardor y un arrebato

---

[37] A partir de este momento los comentarios del editor se intercalan con los de Werther para dar un contrapunto de objetividad a las vehementes efusiones del héroe, para narrarnos momentos en los que no está presente y para cerrar la novela con la nota sobre su sepelio.

internos, que confundieron todas las fuerzas de su carácter, ocasionaron los más contrarios efectos, dejándole en un estado de agotamiento del que aspiraba a librarse con mayor angustia aún de la que le había llevado a luchar hasta entonces contra todos sus males. La angustia de su corazón minó las últimas fuerzas de su espíritu, su vivacidad, su agudeza. Se convirtió en un triste compañero, cada vez más desgraciado y cada vez más injusto, a medida que se iba volviendo más desdichado. Al menos eso es lo que dicen los amigos de Albert. Aseguran que Werther no fue capaz de apreciar el comportamiento de un hombre tranquilo y correcto que, habiendo alcanzado una dicha largamente apetecida, se empeña en conservarla también para el futuro. Él, que, por decirlo así, cada día que pasaba consumía todas sus fuerzas, para de noche padecer y verse en la miseria. Albert, dicen, no había cambiado en tan corto tiempo, seguía siendo el mismo que Werther había conocido desde el principio, al que tanto apreció y respetó. Amaba a Lotte sobre todas las cosas, estaba orgulloso de ella y deseaba también que todo el mundo la reconociera como la criatura más encantadora. ¿Se le podría pues censurar que quisiera eliminar cualquier sombra de sospecha, no queriendo compartir en aquel momento con nadie un bien tan precioso? Afirman que a menudo Albert abandonaba la habitación de su esposa cuando Werther estaba con ella, pero no por odio o por antipatía hacia su amigo, sino únicamente porque había apreciado que en su presencia él se sentía incómodo.

El padre de Lotte había contraído un mal que le impedía salir. Mandó su carruaje a buscar a su hija y ella salió en dirección a su casa. Era un hermoso día de invierno. Habían caído con abundancia las primeras nieves, cubriendo toda la comarca. A la mañana siguiente, Werther fue en su busca, para acompañarla en el caso de que Albert no fuera a recogerla.

El claro día apenas hizo efecto en su sombrío ánimo. Sentía una sorda opresión en su alma. Las tristes imágenes se habían instalado en él, y su ánimo no podía más que pasar de un doloroso pensamiento a otro. Como vivía en un estado de eterno descontento consigo mismo, el de los demás le parecía aún más grave y desordenado. Creía haber destruido la buena relación entre Albert y su esposa. Los reproches que por ello se hacía, se mezclaban con un secreto enojo hacia el marido.

Por el camino, sus pensamientos se ocuparon de ese tema. Sí, sí, se decía, rechinando secretamente los dientes. ¡Es el trato confiado, amistoso, cariñoso, que participa de todo! ¡La fidelidad serena y duradera! ¿Acaso cualquier asunto miserable no le atrae más que su querida y preciosa mujer? ¿Sabe apreciar su fortuna? ¿Sabe tratarla como ella merece? Él la tiene, ya basta, la tiene... Eso lo sé, como sé también algo más, creo que me he acostumbrado a la idea, pero me volverá loco, acabará conmigo... ¿Y ha dejado pues en la estacada la amistad que sentía hacia mí? ¿Acaso no ve en mi afecto por Lotte una intromisión en sus derechos? ¿Y en mi atención hacia ella un silencioso reproche? Lo sé bien, siento que no me ve con buenos ojos, desearía que me alejara, mi presencia le resulta molesta.

A menudo detenía sus rápidos pasos, a menudo se paraba en silencio y parecía querer dar la vuelta, pero una y otra vez continuaba su camino hacia adelante y finalmente, sumido en estos pensamientos y soliloquios, llegó poco más o menos que contra su voluntad ante el pabellón de caza.

En la puerta, preguntó por el viejo y por Lotte. Encontró la casa un tanto agitada. El mayor de los chicos le dijo que arriba, en Wahlheim, había ocurrido una desgracia, que habían matado a un joven campesino... Aquello, de momento, no le hizo ninguna impresión. Entró en la habitación y encontró a Lotte tratando de disuadir al viejo de que, sin cuidarse de su enfermedad, subiera allí para investigar el suceso sobre el terreno. Aún no se sabía quién era el autor del crimen. Esa mañana habían encontrado a la víctima ante la puerta de la casa. Tenían algunas sospechas: el muerto era el criado de una viuda, que anteriormente había tenido a otro a su servicio, que fue despedido de la casa por una discordia.

Al oírlo, Werther sintió un fuerte estremecimiento. ¿Es posible?, exclamó. Tengo que ir allá, no puedo quedarme ni un

segundo más. Corrió hacia Wahlheim. Cada uno de sus recuerdos se avivaba en su mente y ni un solo instante dudó de que
el crimen lo había cometido aquel hombre con el que él había
hablado en algunas ocasiones y al que había tomado tanto
aprecio. Para llegar a la taberna en la que habían depositado el
cuerpo, tuvo que pasar entre los tilos y se horrorizó al verse
ante aquel lugar en otro tiempo tan querido. Aquel umbral, en
el que los niños del vecindario habían jugado tan a menudo,
estaba salpicado de sangre. El amor y la fidelidad, los más
hermosos entre los sentimientos humanos, se habían transformado en violencia y muerte. Los fuertes árboles estaban desho-
jados y cubiertos de escarcha. Los hermosos setos que forma-
ban un arco sobre la baja tapia del camposanto habían perdido
las hojas y dejaban ver por algunos huecos las tumbas cubiertas de nieve.

De pronto, cuando se acercaba a la taberna, ante la cual se
hallaba reunido todo el pueblo, se produjo una algarabía. A lo
lejos, se veía una cuadrilla de hombres armados y alguien gritó
que traían al asesino. Werther le vio y ya no tuvo ninguna
duda. ¡Sí! Era el criado que tanto amaba a aquella viuda y al
que él había encontrado hacía algún tiempo vagando con
aquella ira contenida, con aquella secreta desesperación.

¿Qué has hecho, desgraciado?, prorrumpió Werther, al
tiempo que se lanzaba hacia el preso. Éste le miró tranquilamente, guardó silencio y al fin replicó con calma: Ninguno la
poseerá, ella no poseerá a ningún otro. Llevaron al preso hasta
la taberna y Werther se alejó corriendo.

En contacto con aquella terrible y violenta acción, todo lo
que había en su interior se vio sacudido de arriba abajo. Arran-
cado por un momento de su aflicción, de su desaliento y de su
indiferente abandono, un irresistible sentimiento de solidari-
dad le embargó y fue víctima de un deseo incontestable de salvar a aquel hombre. Le veía tan desdichado, le consideraba
tan inocente, incluso siendo un criminal, se puso hasta tal
punto en su situación, que estaba seguro de que también podría convencer de ello a los demás. Deseaba ya poder hablar

en su favor, la más viva exposición trataba de aflorar a sus labios. Corrió hacia el pabellón de caza y por el camino no pudo evitar pronunciar a media voz todo aquello que quería exponer al administrador.

Cuando entró en la habitación, encontró a Albert en ella, lo que por un momento le incomodó, pero en seguida se reanimó, exponiendo ardientemente sus opiniones ante el administrador, quien varias veces sacudió la cabeza y quien, como es fácil de suponer, a pesar de que Werther expresó con la mayor viveza, apasionamiento y claridad todo lo que un hombre puede decir para disculpar a otro, no se sintió conmovido. Antes al contrario, no dejó a nuestro amigo terminar y le rebatió con vehemencia, reprochándole que defendiera ¡a un asesino! Le indicó que de ese modo quedaría abolida cualquier ley, que toda la seguridad del Estado se vendría abajo, y que tampoco, añadió, podía él hacer nada en un asunto como aquél, sino incurriendo en la mayor de las responsabilidades, que todo debía hacerse según el orden, siguiendo el proceso preestablecido.

Werther no se dio aún por vencido, únicamente suplicó que el administrador hiciese la vista gorda en el caso de que se pudiera ayudar al hombre a escapar, pero también aquello se lo negó. Albert, quien por fin se inmiscuyó en la conversación, se puso también de parte del viejo, de modo que Werther fue vencido por mayoría y con terrible dolor se marchó de allí, después de que el administrador le hubiera dicho varias veces: ¡No, no se le puede salvar!

Hasta qué extremo debieron de afectarle estas palabras, lo vemos por una nota que se encontró entre sus papeles y que sin duda fue escrita ese mismo día: ¡No se te puede salvar, desdichado! Me doy perfecta cuenta de que no se nos puede salvar.

Lo que Albert dijo en el último momento en presencia del administrador sobre la cuestión del detenido, había molestado a Werther en grado sumo. Creyó advertir en ello cierta susceptibilidad hacia él, y tras mucho reflexionar no escapó a su agudeza que ambos hombres podían tener razón. Sin embargo, le pareció que si lo reconocía, si lo admitía, tendría que renegar hasta de lo más íntimo de su ser.

Entre sus papeles encontramos una breve nota que se refiere a ello y que tal vez exprese toda su relación con Albert:

«De qué sirve que me diga y me vuelva a decir que es honrado y bueno, si me desgarra las entrañas hasta lo más íntimo. No puedo ser justo».

Como la tarde era agradable y el tiempo tendía ya hacia el inicio del deshielo, Lotte regresó con Albert a pie. Por el camino se volvió a un lado y a otro, como si echara de menos la compañía de Werther. Albert comenzó a hablar de él, censurándole, aunque sin por ello dejar de hacerle justicia. Se refirió a su desgraciada pasión y expresó el deseo de que fuera posible alejarle. Lo deseo también por nosotros, dijo. Y te ruego, continuó, que trates de dar otro rumbo a su comportamiento con respecto a ti, de evitar sus frecuentes visitas. Llamamos la atención de la gente, y sé que aquí y allá se ha hablado de ello. Lotte calló y Albert pareció haber comprendido su silencio. Al menos desde entonces no volvió a mencionar a Werther, y cuando ella por su parte le mencionaba, él dejaba caer la conversación o cambiaba de tema.

El vano intento que Werther hizo por salvar al desdichado fue el último destello de la llama de una luz que se extinguía. Se hundió aún más profundamente en el dolor y la apatía, y estuvo a punto de perder el juicio al oír que podían citarle como testigo contra aquel hombre que ahora se negaba a declarar.

Todo lo que de desagradable había ido encontrando a lo largo de su vida activa —el fastidio en la legación, todo aquello en lo que hasta entonces había fracasado, lo que alguna vez le había molestado— sacudió su alma de arriba abajo. Por todo ello, sintió su inactividad justificada, falto de toda esperanza, incapaz de encontrar ningún asidero con que el que poder aferrarse a los quehaceres de la vida común, y así

finalmente se entregó por completo a sus fantásticas emociones, a su particular modo de pensar y a una pasión sin límites,
en la eterna monotonía del triste trato con la gentil y amada
criatura, cuya paz él mismo turbó, debatiéndose en sus fuerzas, agotándola sin objeto y sin esperanza, cada vez más cerca
del triste final.

Los testimonios más elocuentes de su tribulación, de su pasión, de su afán e infatigable agitación, de su cansancio por la
vida, son algunas cartas póstumas que queremos intercalar aquí.

«12 de diciembre

Querido Wilhelm, me encuentro en el estado en el que debían de hallarse aquellos infelices de quienes se creía que estaban poseídos por un espíritu maligno. A veces se apodera de
mí. No es miedo, ni avidez... Se trata de una rabia interior,
desconocida, que amenaza con desgarrar mi pecho, que me
oprime la garganta. ¡Ay! Y entonces ando vagando por las
terroríficas escenas nocturnas propias de esta estación del año
hostil al hombre.

Ayer por la noche tuve que salir. De pronto, se produjo el
deshielo. Oí decir que el río se había desbordado, que todos
los arroyos venían crecidos y desde Wahlheim inundaban mi
amado valle. Por la noche, después de las once, corrí hacia
allí. ¡Qué pavoroso espectáculo! Desde una roca y a la luz de
la luna, ver los agitados torrentes arremolinarse ladera abajo.
Un mar, en medio del rugido del viento, arrollando sembra-
dos, praderas y setos y todo lo que encontraba a su paso, y el
amplio valle, arriba y abajo. Y cuando la luna reapareció, des-
cansando sobre las negras nubes, y las aguas se revolvían y
bramaban ante mí con un eco terrible y sobrecogedor, entonces
me asaltó un escalofrío y de nuevo la añoranza. ¡Ah! Con los
brazos abiertos me planté ante el abismo y respiré —¡abajo!
¡abajo!— y me perdí deleitándome con la idea de arrojar allá
abajo mis angustias, mis penas. ¡Alejarme rugiendo como las

olas! ¡Ah! Pero no fuiste capaz de levantar el pie del suelo y acabar con todas las angustias. Mi reloj aún no se ha parado, lo sé. ¡Oh, Wilhelm! Cómo me hubiera gustado entregar mi existencia para rasgar con aquel viento tempestuoso las nubes, para contener la avalancha. ¡Ay! ¿Acaso nunca se le concederá ese placer al encarcelado?

Y al mirar hacia abajo vi con nostalgia un rincón en el que con Lotte descansé bajo un sauce, tras un caluroso paseo... También éste había sido arrollado, ¡Wilhelm!, y apenas pude reconocer el sauce. ¡Y sus praderas!, pensé. ¡El campo en torno al pabellón de caza! ¡Nuestra enramada destrozada por la impetuosa corriente!, pensé. Un rayo de luz del pasado iluminó en torno, como a un prisionero un sueño con rebaños, praderas y cargos honoríficos. ¡Y yo seguía en pie! No me lo reprocho, pues tengo valor para morir. Tendría... Ahora estoy aquí sentado, como una vieja que rebusca su leña en los cercados y su pan de puerta en puerta, con el fin de alargar su vida aún un instante y de aliviar su agonizante y triste existencia.

14 de diciembre

¿Qué es esto, querido amigo? ¡Me asusto de mí mismo! ¿No es mi amor hacia ella el más santo, el más puro, el más fraternal? ¿He sentido jamás en mi alma algún deseo culpable? No quiero asegurar... Y ahora, ¡estos sueños! ¡Oh, qué razón tenían quienes atribuyeron contradictorios efectos a las potencias extrañas! ¡Esta noche! Tiemblo al decirlo... La tuve en mis brazos, estrechándola fuertemente contra mi pecho, y con infinidad de besos cubrí sus labios que susurraban palabras de amor. ¡Mis ojos suspensos en la embriaguez de los suyos! ¡Dios! ¿Soy culpable por sentir aún ahora una dicha, evocando con la mayor ternura tan ardientes goces? ¡Lotte! ¡Lotte! ¡Estoy perdido! Mis sentidos están confundidos. Hace ocho días que no recobro el juicio y mis ojos están llenos de lágrimas.

En ningún sitio estoy bien, y en todos estoy bien. No deseo nada, nada reclamo. Más me valdría irme».

Por esta época, y en semejantes circunstancias, la decisión de abandonar este mundo fue tomando cada vez más fuerza en el alma de Werther. Desde que regresara junto a Lotte, fue siempre su última esperanza, su último recurso, aunque se había dicho a sí mismo que no debía ser un acto precipitado, impulsivo. Quería dar ese paso con la mayor seguridad, con la más sosegada de las determinaciones posibles.

Sus dudas, la lucha consigo mismo, se traslucen en una nota que probablemente fuera el comienzo de una carta a Wilhelm y que, sin fecha, se encontró entre sus papeles:

«Su presencia, su destino, su interés por el mío, aún extraen las últimas lágrimas de mi abrasado cerebro.

¡Levantar el telón y pasar al otro lado! ¡Eso es todo! ¿Y a qué esos miedos y titubeos? ¿Porque no se sabe cómo es todo allá atrás? ¿Porque de allí no se vuelve? Y, en fin, porque lo propio de nuestro espíritu es suponer que allí donde no sabemos nada concreto reinan el caos y las tinieblas».

En definitiva, Werther se fue familiarizando y enquistando cada vez más con esa triste idea. Y su propósito, afirmándose y volviéndose irrevocable. De lo cual da testimonio el ambiguo texto de la siguiente carta que escribió a su amigo:

«20 de diciembre

Debo a tu amistad, Wilhelm, el que hayas alcanzado a captar el sentido de mis palabras. Sí, tienes razón: más me valdría irme. La propuesta que me hiciste de volver junto a vosotros no me acaba de convencer. Al menos, me gustaría dar un rodeo, especialmente ahora que podemos esperar que remitan las heladas y que los caminos estarán mejor. También me ale-

gra que quieras venir a buscarme; sólo discúlpame aún dos semanas y espera hasta recibir otra carta mía con más detalles.
No conviene precipitarse, hay que esperar a que madure. Y
dos semanas, más o menos, suponen mucho. A mi madre, dile
que debe rezar por su hijo y que me perdone por todos los disgustos que le he ocasionado. Pues tal era mi destino: afligir a
aquellos a los que debía dar alegría. ¡Adiós, mi amigo más
querido! ¡Que toda la bendición del cielo descienda sobre ti!
¡Adiós!».

Lo que en este tiempo ocurría en el alma de Lotte, cómo
eran sus sentimientos hacia su marido, hacia su desdichado
amigo, apenas nos atrevemos a expresarlo con palabras, aunque, conociendo su carácter, podemos hacernos una idea
acerca de todo ello y una hermosa alma femenina podrá iden-
tificarse con la suya, sintiendo lo mismo que ella.

Lo cierto es que estaba firmemente decidida a hacer todo lo
posible para alejar a Werther, y si vaciló en su empeño fue por
una sincera e íntima deferencia, porque sabía lo mucho que
habría de costarle a él, sí, que le sería prácticamente imposible. Sin embargo, en este tiempo se sintió obligada a tomarlo
en serio. Su marido seguía guardando completo silencio acerca
de esta relación, tal y como ella siempre había callado sobre
ella, y por eso debía esforzarse aún más por mostrarle que
realmente sus sentimientos eran dignos de los suyos.

El mismo día en el que escribió a su amigo la carta que aca-
bamos de intercalar en el texto —era el domingo antes de Nochebuena—, Werther fue a ver a Lotte por la tarde y la encontró sola. Estaba ordenando unos juguetes que había preparado
para sus hermanos pequeños como regalo de Nochebuena. Él
habló de lo que habían de disfrutar los pequeños y de los tiempos en los que al abrir inesperadamente la puerta y ver apare-
cer el árbol todo adornado con velas, golosinas y manzanas,
uno se sentía transportado al paraíso. También vos, dijo Lotte
ocultando su turbación bajo una encantadora sonrisa, también
vos recibiréis un regalo, si os portáis bien: una velita y algo

más. ¿Y a qué llamáis portarse bien?, preguntó él. ¿Cómo
debo comportarme? ¿Cómo puedo comportarme, queridísima
Lotte? El jueves por la noche, dijo ella, es Nochebuena. Ven-
drán los niños, mi padre también, cada uno recibirá su regalo.
Venid también vos, pero no antes... Werther se quedó perplejo.
Os lo ruego, prosiguió ella. Así están las cosas. Os lo ruego
por mi tranquilidad. Esto no puede... No puede seguir así. Él
apartó los ojos de ella, recorrió la habitación arriba y abajo, y
entre dientes murmuró: No puede seguir así.

Lotte, que se dio cuenta del terrible estado en el que estas
palabras debían de haberle puesto, trató de desviar sus pensamientos con todo tipo de preguntas, pero fue en vano. ¡No,
Lotte!, exclamó él. ¡No volveré a veros! ¿Y eso, por qué?, replicó ella. Werther, podéis, debéis volver a vernos, ¡únicamente moderaos! ¡Oh! ¿Por qué habíais de nacer con ese ímpetu, con esa indomable y fija pasión hacia todo aquello con
lo que alguna vez entráis en contacto? Os lo ruego, continuó,
tomándole de la mano. ¡Moderaos! Vuestro espíritu, vuestros
conocimientos, vuestros talentos, ¿qué variedad de deleites no
os ofrecerán? ¡Sed un hombre! Apartad esa triste inclinación
hacia una criatura que no puede más que compadeceros.

Él apretó los dientes y la miró con aire melancólico. Lotte
retuvo su mano. ¡Sosegaos por un momento, Werther!, le dijo.
¿No os dáis cuenta de que os engañáis, de que os destruís deli-
beradamente? ¿Y por qué yo, Werther? ¿Precisamente yo, que
pertenezco a otro? ¿Precisamente por eso? Temo... Temo
que sea únicamente la imposibilidad de poseerme lo que hace que
ese deseo os resulte tan irresistible. Él apartó la mano de las su-
yas, contemplándola con una mirada fija, indignada. ¡Prudente!, exclamó. ¡Muy prudente! ¿Esa observación, tal vez la
ha hecho Albert? ¡Diplomática! ¡Muy diplomática! Cualquiera
puede hacerla, replicó ella. ¿Y no habría de haber en todo el
mundo una muchacha capaz de colmar los deseos de vuestro
corazón? Sobreponeos, buscadla, y os lo juro, la habéis de encontrar, pues desde hace mucho me angustia, por vos y por nosotros, el aislamiento en el que durante este tiempo os habéis

confinado. ¡Sobreponeos! ¡Un viaje os puede, os ha de distraer! Buscad, encontrad un objeto digno de vuestro amor, regresad y disfrutemos juntos la dicha de una verdadera amistad.

Eso, dijo él con una fría sonrisa, podría hacerse imprimir y recomendarse a todos los preceptores. ¡Querida Lotte! ¡Dejadme un poco más de paz! ¡Todo se arreglará! Sólo eso, Werther: que no vengáis antes de Nochebuena. Él quiso responder, pero Albert entró en la habitación. Con frialdad se desearon buenas noches y uno junto al otro, incómodos, anduvieron por la habitación arriba y abajo. Werther inició un monólogo intrascendente, que pronto se acabó. Igualmente Albert, quien acto seguido preguntó a su mujer por ciertos encargos y, al oír que aún no se habían hecho, le dirigió unas palabras que a Werther le parecieron frías, incluso duras. Quiso marcharse, no pudo y estuvo dudando hasta las ocho, con lo que su disgusto y su indignación fueron aumentando cada vez más, hasta que la mesa estuvo puesta y él cogió su sombrero y su bastón. Albert le invitó a quedarse, pero él, creyendo que se trataba tan sólo de una insignificante cortesía, dio las gracias con frialdad y se marchó.

Llegó a casa, tomó de manos de su criado la luz con la que éste quiso alumbrarle y se fue solo a su habitación. Lloró amargamente. Indignado, habló consigo mismo, anduvo por la habitación arriba y abajo, y por fin se echó vestido sobre la cama, donde le encontró el sirviente, quien hacia las once se atrevió a entrar, para preguntar si debía quitarle la botas al señor, a lo que éste accedió, prohibiéndole que a la mañana siguiente entrara en la habitación sin que él le llamara.

El lunes 21 de diciembre, temprano, escribió a Lotte la siguiente carta que, lacrada, se encontró en su escritorio, siéndole enviada a ella, y la cual reproduciré aquí por párrafos, tal y como la escribió, según se desprende de las circunstancias en las que lo hizo.

«Está decidido, Lotte, quiero morir, y te lo comunico sin ninguna exaltación romántica, sereno, la mañana del día en el que te veré por última vez. Cuando leas esto, queridísima, la fría tumba cubrirá ya los entumecidos restos del impaciente y desdichado que en los últimos instantes de su vida no conoce mayor dulzura que la de charlar contigo. He pasado una noche terrible y ¡ay! una noche reparadora. Ella es la que ha afianzado, la que ha determinado mi decisión: ¡quiero morir! Cuando anoche me separé de ti, en la tremenda excitación de mis sentidos, cuando todo aquello se agolpó sobre mi corazón, y mi existencia junto a ti, triste y sin esperanzas, me sobrecogió con espantosa frialdad... Apenas llegué a mi habitacion, fuera de mí, me arrojé de rodillas al suelo y... ¡Oh, Dios, tú me concediste el último bálsamo de las más amargas lágrimas! Mil proyectos, mil posibilidades devastaban mi alma, y por fin allí estaba, firme, íntegro, el último y único pensamiento: ¡quiero morir! Me acosté y por la mañana, en medio de la calma del despertar, sigue firme, muy fuerte, en mi corazón: ¡quiero morir! No es desesperación. Es la certeza de que estoy decidido y de que me sacrifico por ti. ¡Sí, Lotte! ¿Por qué habría de ocultarlo? Uno de nosotros tres debe morir, ¡y quiero ser yo! ¡Oh, querida mía! En este corazón desgarrado, a menudo, ha rondado, sañuda, la idea de ¡matar a tu marido! ¡A ti...! ¡A mí...! ¡Pues así sea! Cuando subas a la montaña un bello atardecer de verano, acuérdate de mí, de cuán a menudo llegué hasta el valle, y entonces dirige tu mirada hacia el camposanto, hacia mi tumba, allí donde el viento mece la alta hierba bajo los rayos del sol poniente... Estaba tranquilo cuando empecé, y ahora, ahora que todo se torna tan vívido a mi alrededor lloro como un niño».

Hacia las diez, Werther llamó a su criado y mientras le vestía le dijo que en unos días se marcharía de viaje, que por tanto debía cepillar sus vestidos y prepararlo todo para hacer el equipaje. También le mandó poner en todo las cuentas al día, recoger algunos libros prestados y que a algunos pobres, a los que él solía dar algo semanalmente, les pagara por anticipado la asignación correspondiente a dos meses.

Hizo que le llevaran el almuerzo a la habitación y después de comer cabalgó hasta la casa del administrador, al que no encontró en casa. Sumido en sus pensamientos, estuvo paseando arriba y abajo por el jardín y a última hora aún parecía querer acumular sobre sí mismo toda la tristeza del recuerdo.

Los pequeños no le dejaron mucho tiempo en paz: le persiguieron, saltaron delante de él, le contaron que cuando pasara mañana y otro mañana y otro día más cogerían los regalos de Nochebuena en casa de Lotte, y le describieron las maravillas que su pequeña imaginación les prometía. ¡Mañana!, exclamó él. ¡Y otro mañana y otro día más...! Besó a todos cariñosamente, y se disponía a dejarlos, cuando el pequeño quiso decirle aún una cosa al oído. Le reveló que los hermanos mayores habían escrito unas preciosas tarjetas para felicitar el Año Nuevo. ¡Así de grandes! Una para papá, otra para Albert y Lotte, y otra para el señor Werther. Las recibirían el día de Año Nuevo por la mañana temprano. Embargado por la emoción, Werther dio algo a cada uno de ellos, montó en su caballo, encargó que saludaran al viejo y partió de allí con lágrimas en los ojos.

Hacia las cinco llegó a casa, ordenó a la criada que vigilara el fuego y que lo mantuviera hasta la noche. Al criado le mandó que bajara a meter libros y ropa interior en el baúl y que envolviera sus trajes entre paños cosidos con alfileres. Después, probablemente escribiera el siguiente párrafo de su última carta a Lotte:

«¡No me esperas! Crees que te obedeceré y que no iré a verte antes de Nochebuena. ¡Oh, Lotte! Hoy o nunca más. El día de Nochebuena tienes en tu mano este papel, tiemblas y lo humedeces con tus amadas lágrimas. ¡Quiero! ¡Debo hacerlo! ¡Oh, qué bien me sienta haberme decidido!».

Lotte, entre tanto, se encontraba en un extraño estado. Tras la última conversación con Werther, se había dado cuenta de lo mucho que habría de costarle separarse de él y de lo que él sufriría si tuviera que alejarse de ella.

Como de pasada, se había dicho en presencia de Albert que Werther no habría de volver antes de Nochebuena, y Albert cabalgó para ir a ver a un funcionario que vivía en el vecindario, con el que tenía que tratar algunos asuntos y en cuya casa había de pasar la noche.

Ahora ella estaba sola, ninguno de sus hermanos se encontraba con ella, y se entregó a sus pensamientos, divagando tranquilamente en torno a la cuestión de sus relaciones amorosas. Se vio unida para siempre al hombre cuyo amor y fidelidad conocía, al que apreciaba de corazón, cuya calma, cuya confianza parecían enteramente determinadas por el cielo para que cualquier mujer honrada fundara sobre ellas la felicidad de toda su vida. Se dio cuenta de lo que él siempre significaría para ella y para sus hijos. Por otro lado, había tomado tanto cariño a Werther... Desde el primer momento en que se conocieron y de un modo tan hermoso, había quedado clara la afinidad entre sus almas. El largo y permanente trato con él, así como algunas situaciones vividas en común, habían dejado en su corazón una huella imborrable. Estaba acostumbrada a compartir con él todo lo que le parecía o pensaba que era interesante, y si se alejaba de su lado, un vacío, que no podría volver a colmarse, amenazaba con abrirse en todo su ser. ¡Oh, si en aquel momento hubiera podido convertirlo en su hermano! ¡Qué feliz habría sido! Si hubiera podido casarlo con alguna de sus amigas, habría podido confiar en restablecer por completo su relación con Albert.

Mentalmente, fue repasando una por una a sus amigas, y en cada una de ellas halló algún defecto, no encontrando ninguna que le mereciera. Con todas estas consideraciones, sintió por primera vez profundamente, aunque sin reconocerlo abiertamente, que su secreto e íntimo deseo era el de reservarlo para sí, aunque al mismo tiempo se dijo que no podía, que no debía hacerlo. Su puro y hermoso ánimo, en otras ocasiones tan ligero y resuelto, sintió el peso de una melancolía, a la que la visión de la felicidad le estaba vedada. Su corazón estaba oprimido y una sombría nube se cernía sobre sus ojos.

Así llegaron las siete y media, cuando oyó que Werther subía las escaleras y pronto reconoció sus pasos, su voz, que preguntaba por ella. ¡Cómo latió su corazón! Casi podríamos decir que por primera vez con su llegada. Hubiera querido que le dijeran que no estaba en casa, y cuando entró, exclamó con una especie de apasionada turbación: ¡No habéis mantenido vuestra palabra! Yo no he prometido nada, fue su respuesta. Entonces al menos podíais haber atendido mi ruego, replicó ella. Os lo rogué por la tranquilidad de ambos.

No sabía muy bien ni lo que decía ni lo que hacía, cuando mandó llamar a algunas amigas para no estar a solas con Werther. Él dejó algunos libros que había traído consigo, preguntó por otros, y ella tan pronto deseaba que llegaran sus amigas como que no vinieran. La criada regresó trayendo el recado de que ambas se excusaban.

Quiso entonces que la criada se sentara a trabajar en la habitación contigua, pero en seguida cambió de parecer. Werther anduvo por la habitación arriba y abajo. Ella se sentó al piano y empezó tocar un minué, que se le resistió. Hizo un esfuerzo y fue a sentarse tranquilamente junto a Werther, quien había ocupado su sitio de costumbre en el canapé.

¿No tenéis nada que leer?, dijo ella. No tenía nada... Allí dentro, en mi cajón, comenzó ella, está vuestra traducción de algunos de los cantos de Ossian [38]. Aún no los he leído, pues siempre esperé escuchároslos a vos, pero hasta ahora no hemos podido, no hemos encontrado ocasión. Él sonrió, fue a

---

[38] A finales del siglo XVIII y principios del XIX gozaron de gran popularidad las composiciones poéticas de Ossian. Aunque cimentadas en la tradición gaélica y fundamentadas en diversos relatos en prosa de autores desconocidos, la autenticidad de las *Poesías de Ossian, hijo de Fingal* —aparecidas entre 1760 y 1763— suscitó una larga controversia, ya que su traductor, el escocés James Macpherson, no mostró jamás los manuscritos en los que al parecer se había basado. La influencia de Ossian en la literatura inglesa fue muy limitada. Sin embargo, en el continente, sus poemas suscitaron el entusiasmo de muchos escritores de la época, entre ellos, Goethe, que se encargó de traducirlos al alemán, probablemente en otoño de 1771. En 1774, regaló una copia en limpio a Friederike Brion. *(N. de la T.)*

buscar los cantos y al tomarlos entre sus manos sintió un estremecimiento. Los ojos se le llenaron de lágrimas al hojearlos. Se sentó y comenzó a leer:

«Estrella del anochecer, hermosa resplandeces al Oeste, alzas tu radiante cabeza por encima de tu nube, avanzas majestuosa hacia tu colina. ¿Qué buscas mirando por la campiña? Los tempestuosos vientos se han calmado. De lejos llega el murmullo del torrente. Olas fragorosas juegan con las rocas, lejos. El zumbido de las moscas al atardecer se arracimaba sobre el campo. Pero tú sonríes y te vas. Alegres te circundan las olas, bañando tu suave cabellera. ¡Adiós, sereno rayo! ¡Muéstrate, magnífica luz del alma de Ossian!

Y ésta aparece en toda su potencia. Veo a mis amigos que se fueron. Se reúnen en Lora, como en los días que ya se han ido. Fingal llega como una columna de niebla húmeda. Le rodean sus héroes. Y, ¡mira! También los bardos de los cantos: ¡Ullin, el de cabellos grises! ¡Ryno, el majestuoso! ¡Alpin, dulce cantor! ¡Y tú, Minona, la de los tiernos lamentos! ¡Qué cambiados estáis, amigos míos, desde los solemnes días de Selma, cuando competíamos en honor del canto! Cómo rinden la hierba que susurra débilmente los vientos de la primavera, cambiando de dirección sobre la colina.

Entonces se adelantó Minona en toda su hermosura. Con la mirada baja y los ojos llenos de lágrimas, su cabello ondeaba pesadamente al viento inconstante que, en ráfagas, soplaba desde la colina. Sombrías estaban las almas de los héroes cuando ella elevó la encantadora voz, pues a menudo habían visto la tumba de Salgar, y a menudo la lúgubre morada de la blanca Colma. Colma, abandonada sobre la colina con su armoniosa voz. Salgar prometió acudir, pero en torno crecía la noche. Escuchad la voz de Colma, apostada sola sobre la colina.

Colma:

¡Es de noche! Estoy sola, perdida en la tempestuosa colina. El viento silba en las montañas. La corriente brama peñas abajo. Ninguna cabaña me protege de la lluvia, a mí, abandonada en la tempestuosa colina.

¡Sal, oh luna, de entre tus nubes! ¡Mostraos, estrellas de la noche! Que un rayo cualquiera me guíe hasta el lugar en el que mi amor descansa de las fatigas de la caza. Su arco, destensado junto a él. Sus perros, husmeando en torno a él. Pero aquí he de quedarme, sola, sobre la roca en medio del exuberante torrente. La corriente y la tormenta silban. No oigo la voz de mi amado.

¿Por qué vacila Salgar? ¿Ha olvidado su palabra? ¡Allí están la roca y el árbol, y aquí la estrepitosa corriente! Prometiste estar aquí cuando cayera la noche. ¡Ay! ¿Dónde se habrá perdido mi Salgar? Contigo quise huir, abandonando padre y hermano. ¡Los orgullosos! Desde hace tiempo nuestros linajes son enemigos, pero nosotros no somos enemigos. ¡Oh, Salgar!

¡Cesa por un instante, oh viento! ¡Cálmate por un rato, oh río! Para que mi voz resuene por el valle, para que mi caminante me oiga. ¡Salgar! Soy yo quien te llama. Aquí están el árbol y la roca. ¡Salgar! ¡Amado mío! Aquí estoy. ¿Por qué tardas en venir?

Mira, la luna aparece, el torrente resplandece en el valle, las rocas se alzan grises colina arriba, pero no le veo en la cima, sus perros en torno a él no anuncian su llegada. Y yo he de estar aquí sentada, sola.

Pero, ¿quiénes son los que yacen allá abajo, en la campiña? ¿Mi amado? ¿Mi hermano? Hablad, amigos. No contestan. ¡Qué angustiada está mi alma! ¡Ay! Están muertos. Sus espadas, rojas por el combate. ¡Oh, hermano, mi hermano! ¿Por qué has dado muerte a mi Salgar? ¡Oh, mi Salgar! ¿Por qué has dado muerte a mi hermano? ¡Los dos me erais tan queridos! ¡Y tú estabas tan hermoso en la colina, entre miles! Era terrible en la batalla. ¡Contestadme! ¡Escuchad mi voz, queridos míos! Pero, ¡ay! ¡Están mudos! ¡Mudos para siempre! Fríos, como la tierra, están sus pechos.

¡Oh! Desde la roca de la colina, desde la cima de la tempetuosa montaña, ¡hablad, espíritus de los muertos! ¡Hablad!

¡No me estremeceré! ¿Adónde habéis ido a reposar? ¿En qué gruta de la montaña os encontraré? No percibo ninguna débil voz en el viento, ninguna respuesta tremolando en la tormenta de la colina.

Sentada, en medio de mi desolación, aguardo la mañana con los ojos llenos de lágrimas. Cavad la tumba, amigos de los muertos, pero no la cerréis hasta que yo llegue. Mi vida se desvanece como si fuera un sueño. ¿Cómo iba a quedarme a la zaga? Aquí quiero vivir con mis amigos. El cazador me oye desde su puesto, teme mi voz y la ama, pues dulce ha de ser mi voz por mis amigos. ¡Los dos me eran tan queridos!

Éste fue tu canto, oh, Minona, ligeramente sonrojada hija de Torman. Nuestras lágrimas manaron por Colma, y nuestra alma se ensombreció.

Ullin apareció con el arpa y nos ofreció el canto de Alpin. La voz de Alpin era apacible. El alma de Ryno, un rayo de fuego. Pero ya reposaban en la estrecha morada y sus voces se extinguían en Selma. En cierta ocasión, antes de que cayeran los héroes, Ullin regresó de la caza y oyó su certamen de cantos sobre la colina. Su canción era tierna, pero triste. Lloraban la muerte de Morar, el primero entre los héroes. Su alma era como el alma de Fingal. Su espada, como la espada de Oskar. Pero cayó, y su padre se lamentaba, y los ojos de su hermana estaban llenos de lágrimas. Los ojos de Minona, la hermana del excelente Morar, estaban llenos de lágrimas. Ante el canto de Ullin se retiró, como la luna por el Oeste, previendo la lluvia de la tormenta y ocultando su hermoso rostro tras una nube. Yo, con el arpa, me uní al canto de dolor de Ullin.

Ryno:
Han cesado el viento y la lluvia. Y el día está tan despejado. Las nubes se abren. En su huida, el inestable sol baña la colina con sus rayos. Rojiza, fluye la corriente por la montaña hacia el valle. Dulce es tu murmullo, torrente, pero más dulces aún las voces que escucho. Es la voz de Alpin, que llora al muerto.

Su cabeza, vencida por la edad. Y sus ojos, enrojecidos por el llanto. ¡Alpin, sublime cantor! ¿Por qué estás solo en la silenciosa colina? ¿Por qué gimes como una ráfaga de viento en el bosque, como una ola en la lejana orilla?

Alpin:

Mis lágrimas, Ryno, son para los muertos. Mi voz, para los que habitan la tumba. Te ves esbelto sobre la colina. Hermoso, entre los hijos de la campiña. Pero caerás como Morar, y sobre tu tumba se sentará el doliente. Las colinas te olvidarán. Tu arco quedará destensado en la antesala.

Eras rápido, Morar. Como un corzo en la colina. Terrible como los fenómenos luminosos en un cielo de luna nueva. Tu saña, como una tormenta. Tu espada en la batalla, como un relampagueo sobre la campiña. Tu voz semejaba la corriente del bosque tras la lluvia. El trueno sobre las colinas lejanas. Muchos cayeron bajo la fuerza de tu brazo. La llama de tu saña los destruyó. Pero cuando volvías de la batalla, ¡qué tranquila estaba tu frente! Tu rostro era igual al sol tras la tormenta, igual a la luna en medio de la noche silenciosa. Tu pecho, sosegado como el lago cuando el rugir del viento se ha calmado.

Estrecho es ahora tu hogar. Sombría, tu morada. Con tres pasos mido tu tumba. ¡Oh tú, que en otro tiempo fuiste tan grande! Cuatro piedras con cabezas cubiertas de musgo son tu único recuerdo. Un árbol sin hojas, la alta hierba que susurra al viento, indican al cazador la tumba del poderoso Morar. No tienes una madre que te llore, ni una doncella con lágrimas de amor. Muerta está la que te alumbró. Muerta, la hija de Morglan.

¿Quién es el que se apoya sobre el bastón? ¿Quién aquel cuya cabeza ha encanecido la edad, cuyos ojos están enrojecidos por las lágrimas? ¡Es tu padre, oh Morar! El padre que no tenía más hijos que tú. Supo de tu llamada en la batalla. Supo de los enemigos dispersos. Supo de la gloria de Morar. ¡Ay! ¿Y nada de tu herida? Llora, padre de Morar. ¡Llora! Pero tu padre no te oye. Profundo es el sueño de los muertos. Plana, su almohada de polvo. Nunca reparó en tu voz, nunca despertó a tu llamada. ¡Oh! ¿Cuándo llegará la mañana a la tumba, para desafiar al que reposa: ¡Despierta!?

¡Adiós! ¡El más noble de los hombres, conquistador en el campo de batalla! Pero nunca más te verá el campo de batalla. Nunca más brillará el sombrío bosque con el resplandor de tu acero. No dejaste ningún hijo, pero el canto ha de preservar tu nombre. Los tiempos venideros oirán de ti, oirán del Morar caído en combate.

Intensa era la aflicción de los héroes. Y más intenso el quebrado lamento de Armin. Recordó la muerte de su hijo, que cayó en la flor de la juventud. Carmor, el príncipe del retumbante Galmal, estaba sentado junto a los héroes. ¿Por qué solloza Armin en su lamento?, preguntó. ¿Qué hay que llorar aquí? ¿Acaso no suenan la canción y el canto para fundir y deleitar el alma? Son como una suave niebla que, alzándose sobre el lago, inunda el valle. Y la humedad hincha las flores recién abiertas. Pero el sol vuelve a brillar con toda su fuerza, y la niebla se ha ido. ¿Por qué estás tan desconsolado, Armin, señor de Gorma, bañada por el mar?

¡Desconsolado! Es cierto, lo estoy. Y no es pequeño el origen de mi dolor. Carmor, tú no has perdido un hijo, ni una hija en la flor de la edad. Colgar, el valiente, vive. Y Annira, la más hermosa entre las doncellas. Las ramas de tu casa florecen. ¡Oh, Carmor! Pero Armin es el último de su estirpe. ¡Oscuro está tu lecho, oh Daura! Insensible, tu sueño en la tumba. ¿Cuándo despertarás con tus cánticos, con tu melodiosa voz? ¡Arriba, vientos del otoño! ¡Arriba! Soplad sobre la sombría campiña. ¡Torrentes de los bosques, rugid! ¡Llorad, tormentas, en las copas de las encinas! Camina entre las rasgadas nubes, oh luna. Muestra, cambiante, tu pálido rostro. Recuerdo la horrible noche en la que murieron mis hijos: entonces cayó Arindal, el poderoso, y Daura, la amorosa, pereció.

¡Daura, hija mía, eras tan hermosa! Hermosa como la luna sobre las colinas de Fura. Blanca como la nieve recién caída. Dulce como el aire que respira. Arindal, tu arco era fuerte. Tu lanza, rápida en el campo de batalla. Tu mirada, como la niebla sobre una ola. Tu escudo, una nube de fuego en la tormenta.

Armar, célebre en la batalla, vino y me solicitó el amor de Daura. Ella no se resistió mucho tiempo. Hermosas eran las esperanzas de sus amigos.

Erath, el hijo de Odgall, se encolerizó, pues su hermano yacía muerto a manos de Armar. Llegó disfrazado de barquero. Hermosa era su nave sobre las olas. Blancos por la edad, sus rizos. Tranquilo, su rostro serio. La más hermosa entre las doncellas, dijo. Amable hija de Armin, allá en la roca, no lejos del mar, donde en el árbol brilla el rojo fruto, allí aguarda Armar a Daura. Vengo a guiar su amor sobre las olas del mar.

Ella le siguió y llamó a Armar. No recibió más respuesta que la del eco en las rocas. ¡Armar! ¡Amado mío! ¡Mi amado! ¿Por qué me inquietas de este modo? ¡Escucha, hijo de Arnath! ¡Escucha! ¡Daura es quien te llama!

Erath, el traidor, huyó riendo a tierra. Ella alzó la voz, llamó a su padre y a su hermano: ¡Arindal! ¡Armin! ¿No hay nadie que venga a salvar a su Daura?

Su voz cruzó el mar. Arindal, mi hijo, bajó de la colina, brutal ante el botín de la caza. Sus flechas silbaban a su lado. Llevaba el arco en la mano. Cinco dogos de color gris oscuro le rodeaban. Vio al intrépido Erath en la orilla, le agarró y lo ató a una encina. Fuertemente ciñó su cintura. El cautivo llenó los vientos con sus quejidos.

Arindal surcó las olas en su nave para traer de vuelta a Daura. Armar acudió enfurecido, disparó la flecha de grises plumas, que silbó y se hundió en tu corazón, oh Arindal, hijo mío. En lugar de Erath, el traidor, caíste tú. La nave alcanzó la roca, y él se hundió con ella y murió. A tus pies corría la sangre de tu hermano. ¡Qué dolor el tuyo, oh Daura!

Las olas destrozaron la nave. Armar se arrojó al mar, para salvar a su Daura o morir. Súbitamente, desde la colina, una ráfaga se precipitó sobre las olas.

Solo, sobre la roca bañada por el mar, escuché los lamentos de mi hija. Frecuentes e intensos eran sus gritos, pero su padre no podía salvarla. Toda la noche permanecí en la orilla. La vi bajo los débiles rayos de la luna. Toda la noche escuché sus gritos. El viento soplaba fuerte y la lluvia golpeaba duramente la ladera de la montaña. Su voz se debilitó antes de que apareciera la mañana. Murió, lejos, como el aire de la tarde entre las hierbas de las rocas. ¡Murió, abrumada por el dolor, y dejó a Armin solo! Se fue mi fuerza en la batalla. Cayó mi orgullo entre las doncellas.

Cuando llegan las tormentas de la montaña, cuando el viento del norte alza las olas, me siento en la orilla resonante y contemplo la terrible roca. A menudo, en la luna, cuando se pone, veo los espíritus de mis hijos: en medio de un débil resplandor caminan juntos, en triste armonía».

Una corriente de lágrimas que brotó de los ojos de Lotte, desahogando su oprimido corazón, detuvo la recitación de Werther. Él arrojó el papel, tomó su mano y vertió las más amargas lágrimas. Lotte, apoyada sobre la otra, se cubría los ojos con un pañuelo. La agitación de ambos era tremenda. Sentían su propia desgracia reflejada en el destino de aquellos nobles héroes, lo sentían juntos y las lágrimas les unían. Los labios y los ojos de Werther ardían sobre el brazo de Lotte. Ella se estremeció, quiso apartarse, pero el dolor y la emoción le pesaban como si fueran plomo, dejándola aturdida. Tomó aliento, para reponerse, y, sollozando, le pidió que continuara. ¡Se lo pidió con toda la voz del cielo! Werther tembló y su corazón estuvo a punto de quebrarse. Recogió el papel y, entrecortadamente, leyó:

«¿Por qué me despiertas, aire de la primavera? Me solicitas y dices: ¡Cubro de rocío la tierra con gotas del cielo! Pero el tiempo en el que he de marchitarme está cerca. Cercana, la tormenta que ha de echar abajo mis hojas. Mañana llegará el caminante, vendrá el que me vio en toda mi belleza. Sus ojos me buscarán por todo el campo, y no me encontrará» [39].

---

[39] Este pasaje procede del *Berrathon* de Ossian, por lo que no guarda ninguna relación con el anterior. *(N. de la T.)*

Todo el poder de estas palabras cayó sobre el desdichado. Se arrojó a los pies de Lotte y en una confusión total estrechó sus manos. Se las llevó a los ojos, a la frente, y ella pareció presentir en el alma su terrible propósito. Sus sentidos se turbaron, estrechó sus manos, le estrechó a él contra su pecho, movida por una triste emoción se inclinó hacia él y sus ardientes mejillas se rozaron. El mundo desapareció para ellos. Él la rodeó con sus brazos, la estrechó contra su pecho y cubrió de furiosos besos sus labios temblorosos, balbuceantes.

¡Werther!, exclamó ella con voz ahogada, apartándose. ¡Werther! Y con su débil mano intentaba apartar su pecho del de ella. ¡Werther!, exclamó en un tono embargado por la más noble emoción. Él no opuso resistencia, dejó que se desasiera de su abrazo y fuera de sí se echó a sus pies. Ella se apartó con violencia y en la angustia de la confusión, temblando entre el amor y la ira, dijo: ¡Es la última vez! ¡Werther! No volveréis a verme. Y lanzando una mirada llena de amor hacia el desdichado, corrió a la habitación contigua y cerró con llave tras de sí. Werther extendió los brazos hacia ella. No se atrevió a detenerla. Estaba tirado en el suelo, con la cabeza apoyada en el canapé, y en esa postura permaneció durante media hora, hasta que un ruido le hizo volver en sí. Era la criada, que iba a poner la mesa. Anduvo por la habitación arriba y abajo, y en cuanto vio que otra vez estaba solo, se acercó a la puerta del gabinete y con voz queda exclamó: ¡Lotte! ¡Lotte! Sólo una palabra más. ¡Un adiós! Ella guardó silencio. Él aguardó y suplicó y aguardó. Entonces se alejó y exclamó: ¡Lotte! ¡Adiós para siempre!

Fue hasta la puerta de la ciudad. Los guardias, acostumbrados a verle, le dejaron salir sin decir nada. Caía aguanieve y no volvió a llamar hasta las once. Cuando Werther llegó a su casa, el criado se dio cuenta de que a su señor le faltaba el sombrero. No se atrevió a decir nada, le desvistió: estaba completamente empapado. Más tarde se encontró el sombrero en una roca, en la falda de una colina, desde donde se ve el valle, y resulta del todo incomprensible cómo en una noche oscura y húmeda pudo escalar hasta allí sin despeñarse.

Werther se acostó y durmió largamente. Cuando a la mañana siguiente mandó que le trajeran el café, el criado le encontró escribiendo. Escribía lo siguiente en la carta a Lotte:

«Por última vez, pues, por última vez abro estos ojos. No volverán, ¡ay!, a ver el sol. Un día cubierto y nebuloso lo mantiene oculto. Así que, ¡llora, naturaleza! Tu hijo, tu amigo, tu amado se acerca a su fin. Lotte, es un sentimiento sin igual y, sin embargo, sí, a lo que más se acerca es al sueño en el que al rayar el alba uno se dice a sí mismo: ésta es la última mañana. ¡La última! Lotte, para mí «¡la última!» no tiene ningún sentido. ¿No tengo ahora todas mis fuerzas? Y mañana yaceré tieso y desmadejado bajo tierra. ¡Morir! ¿Qué significa eso? Mira, soñamos cuando hablamos de la muerte. He visto morir a muchos, pero el género humano es tan limitado que no entiende el principio y el final de su existencia. Aún soy mío, ¡tuyo! ¡Tuyo, oh amada! Y en unos instantes... Separados, apartados el uno del otro... ¿Tal vez para siempre? No, Lotte, no. ¿Cómo podría yo desaparecer? ¿Cómo podrías tú desaparecer? ¡Nosotros somos! ¡Existimos! ¡Desaparecer! ¿Qué significa eso? De nuevo, ¡una palabra! ¡Un sonido hueco! Sin sentido para mi corazón... ¡Muerto, Lotte! Enterrado bajo la fría tierra, ¡tan compacta! ¡Tan lóbrega! Tuve una amiga que en mi desamparo lo fue todo para mí. Murió y yo acompañé su cadáver, y me quedé junto a la fosa, mientras hacían descender el ataúd, y bajo él descorrían y sacaban las cuerdas haciendo un áspero ruido. Entonces, al caer allá abajo la primera pala de tierra, el amedrentado cajón devolvió un sonido sordo, más y más sordo cada vez, hasta que al fin quedó cubierto... Me incliné junto a la tumba... Conmocionado, estremecido, acongojado, con el alma desgarrada, aunque no sabía cómo me sucedería a mí... Cómo habrá de sucederme a mí... ¡Morir! ¡Tumba! ¡No comprendo las palabras!

¡Oh! ¡Perdóname! Ayer... Tenía que haber sido el último instante de mi vida. ¡Oh! ¡Ángel! Por primera vez, por vez primera, sin ninguna duda, un sentimiento delicioso abrasó

lo más íntimo de mi alma: ¡Me ama! ¡Ella me ama! Aún arde
en mis labios el fuego sagrado que brotaba de los tuyos. En
mi corazón hay una nueva y cálida delicia. ¡Perdona! ¡Perdóname!

¡Ah! Yo sabía que me amabas. Lo supe con la primera mirada llena de vida, desde la primera vez que nos estrechamos
la mano. Y, sin embargo, cuando me alejaba de ti, cuando
veía a Albert junto a ti, de nuevo me desesperaban las febri-
les dudas.

¿Recuerdas las flores que me enviaste cuando en aquella fatal reunión no pudiste decirme una palabra, ni darme la mano?
¡Oh! He pasado la mitad de la noche arrodillado ante ellas, y
ellas han sellado tu amor. Pero, ¡ay!, estas impresiones se des-
vanecieron, como en el alma del creyente cede paulatinamente
el sentimiento de la gracia divina que la había alcanzado con
toda la plenitud del cielo en sagrados y visibles signos.

Todo es pasajero, pero ninguna eternidad extinguirá la ardiente vida que ayer gocé en tus labios. ¡Que siento en mí!
¡Me ama! Este brazo la ha estrechado. Estos labios han tem-
blado sobre los suyos. Esta boca ha balbuceado en la suya. ¡Es
mía! ¡Eres mía! Sí, Lotte, para siempre.

¿Y qué significa que Albert sea tu esposo? ¡Esposo! Eso lo
será en este mundo... Y en este mundo, ¿será pecado que yo
te ame, que quiera arrancarte de sus brazos para tenerte en los
míos? ¿Pecado? Está bien. Y por ello me condeno a mí
mismo. Lo he saboreado con toda la delicia del cielo, ese pecado. Y me he embebido de bálsamo de vida y energía para
mi corazón. Desde ese momento, eres mía. ¡Mía! ¡Oh, Lotte!
Me adelanto, voy hacia mi Padre, hacia tu Padre. Lloraré ante
Él y Él me consolará, hasta que vengas y yo te salga al encuentro y te tome y esté contigo en un eterno abrazo en presencia del Altísimo...

¡No sueño! ¡No deliro! Junto a la tumba lo veré aún más
claro. ¡Renaceremos! ¡Nos veremos de nuevo! ¡Veremos a tu
madre! ¡La veré! ¡La encontraré! ¡Ay! Y ante ella desahogaré
todo mi corazón. Tu madre, tu viva imagen».

Hacia las once, Werther preguntó a su criado si Albert había vuelto ya. El criado le dijo que sí, que había visto pasar su caballo en dirección hacia allí. Acto seguido, su señor le entregó una nota abierta, con el siguiente contenido:

«¿Tendríais a bien prestarme vuestras pistolas para un viaje que tengo proyectado? ¡Adiós!».

La buena mujer había dormido poco la última noche. Lo que había temido, estaba decidido. Decidido de una forma que ella no podía ni imaginar, ni temer. Su sangre, que por lo general fluía de forma tan pura y ligera, se encontraba en un estado de febril alboroto. Miles de emociones trastornaban su hermosa alma. ¿Era el fuego de los abrazos de Werther lo que sentía en su pecho? ¿Era enojo por su atrevimiento? ¿Era el disgusto al comparar su estado actual con aquellos días en los que había conocido un clima de inocencia totalmente libre e ingenua y de despreocupada confianza en sí misma? ¿Cómo acudir al encuentro de su esposo? ¿Cómo relatarle una escena que muy bien podía reconocer y que, sin embargo, no se atrevía a confesarse a sí misma? Llevaban tanto tiempo guardando silencio... ¿Y debía ser ella la primera en romperlo? ¿Y precisamente en un momento tan inoportuno hacerle a su esposo tan inesperada revelación? Temía ya que la simple noticia de la visita de Werther habría de producirle una desagradable impresión. ¡Y encima ahora aquella repentina catástrofe! ¿Podía esperar que su esposo la considerara bajo la luz adecuada, que la interpretara sin ningún prejuicio? ¿Y podía esperar que estuviera dispuesto a leer en su alma? Y, sin embargo, una vez más, ¿podía disimular frente al hombre ante el cual siempre se había presentado abierta y libremente, transparente como un claro cristal, y al que jamás había ocultado, ni podía ocultar una sola de sus emociones? Todo esto la tenía preocupada, confusa, aunque sus pensamientos volvían siempre a Werther, que para ella estaba perdido, al que no podía dejar, al que ella —¡desgraciadamente!— tenía que dejar abandonado a sí mismo y al que, cuando la hubiera perdido, no le quedaría nada más.

Qué penoso era ahora lo que de momento no podía reconocer claramente: la paralización que sentía, que se había establecido entre ellos. Unas personas tan comprensivas, tan buenas, habían comenzado guardando recíproco silencio a causa de ciertas diferencias íntimas. Cada uno estaba convencido de tener razón y de que el otro no la tenía, y las relaciones se habían complicado y enrarecido hasta el punto de que resultaba imposible, precisamente en el momento más crítico, deshacer el nudo del que todo dependía. Si una feliz intimidad los hubiera acercado antes, si el amor y la mutua benevolencia hubieran renacido entre ellos, abriendo sus corazones, tal vez hubiera sido posible salvar a nuestro amigo.

A ello vino a sumarse una singular circunstancia. Werther, como sabemos por sus cartas, nunca ocultó el hecho de que ansiaba abandonar este mundo. Albert había discutido a menudo con él, e incluso a veces Lotte y su marido habían hablado del asunto. Albert, que sentía una decidida aversión con respecto a ese acto, había reconocido a menudo —con una suerte de susceptibilidad que por lo general estaba muy lejos de su carácter— que encontraba muy dudosa la seriedad de semejante propósito, incluso se había permitido alguna broma, y había comunicado a Lotte su escepticismo al respecto. Y si bien esto la tranquilizaba por una parte, cuando sus pensamientos le mostraban la triste imagen, por otra, la hacía sentirse incapaz de comunicar a su marido los temores que en aquel momento la torturaban.

Albert regresó y Lotte salió a recibirle con una impetuosidad desconcertante. No estaba animado, su negocio no se había llevado a cabo. En el administrador vecino había encontrado un hombre inflexible y puntilloso. Y el mal estado del camino también había contribuido a ponerle de mal humor.

Preguntó si había ocurrido algo y ella contestó con precipitación que Werther había estado allí la tarde anterior. Albert preguntó si había llegado el correo y recibió la respuesta de que tenía una carta y unos paquetes en su despacho. Fue hacia allí y Lotte se quedó sola. La presencia del hombre al que amaba y respetaba había causado una nueva impresión en su corazón. El recuerdo de su magnanimidad, de su amor y bondad había tranquilizado su ánimo. Sintió el íntimo impulso de seguirle. Cogió su labor y fue hacia su habitación, como solía hacer a menudo. Le encontró ocupado, rasgando los paquetes y leyendo. Algunos no parecían contener precisamente lo más agradable. Le hizo algunas preguntas, que él respondió con brevedad, poniéndose a escribir en su escritorio.

Permanecieron así juntos durante una hora, y el ánimo de Lotte se fue ensombreciendo cada vez más. Sentía lo difícil que le resultaría revelar a su marido, aun en el caso de haberse encontrado del mejor humor, lo que ocupaba su corazón. Cayó en una tristeza que le resultaba aún más angustiosa por tener que ocultarla y tratar de tragarse las lágrimas.

La aparición del criado de Werther le produjo la mayor de las confusiones. Éste alcanzó la nota a Albert, quien se volvió tranquilamente hacia su mujer y dijo: Dale las pistolas. Le deseo un feliz viaje, añadió, volviéndose hacia el joven. Aquello cayó sobre ella como un rayo. Vaciló al levantarse, y no supo cómo lo consiguió. Lentamente, se dirigió hacia la pared. Temblando, descolgó las armas, les quitó el polvo, titubeó y aún habría dudado más tiempo si Albert no la hubiera apremiado con una inquisitiva mirada. Entregó al mozo los malhadados instrumentos, sin poder articular una sola palabra, y cuando éste hubo abandonado la casa, se retiró a su habitación en un estado de la más indecible inquietud. Tan pronto estaba a punto de echarse a los pies de su marido, de revelárselo todo —la historia de la tarde anterior, sus culpas y sus presentimientos—, pero entonces veía de nuevo que la situación no tenía salida y que tampoco podía esperar persuadir a su marido para que fuera a casa de Werther.

La mesa estaba puesta, y una buena amiga que sólo había venido a preguntar alguna cosa, quiso marcharse... Pero se quedó, haciendo que la conversación en la mesa resultara soportable. Haciendo un esfuerzo, hubo algo de charla, se contaron algunas cosas, se olvidaron otras.

El criado llegó con las pistolas a casa de Werther, quien le recibió entusiasmado al saber que se las había dado Lotte. Hizo que le trajeran pan y vino, mandó al criado que se retirara a comer y se sentó a escribir:

«Han pasado por tus manos, les has quitado el polvo. Las beso cien mil veces. Tú las has tocado. ¡Y tú, espíritu del cielo, favoreces mi decisión! Tú, Lotte, me alcanzas el instrumento, tú, de cuyas manos deseaba recibir la muerte y de quien —¡ay!— al fin la recibo. ¡Oh! He interrogado al joven. Temblabas cuando se las diste. No proferiste ningún adiós. ¡Ay de mí! ¡Ay! Ni una palabra de adiós. ¿Tenías que cerrarme tu corazón a causa del instante que eternamente me une a ti? ¡Lotte, ni el paso de cien años podrá extinguir esa impresión! Y sé que no puedes odiar a quien de esta manera arde por ti».

Después de comer, ordenó al criado que terminara de meterlo todo en su equipaje, rasgó muchos papeles, salió y aún saldó algunas deudas. Regresó de nuevo a casa, volvió a salir por la puerta de la ciudad, sin preocuparse por la lluvia, hasta llegar al jardín del conde, anduvo aún vagando por las proximidades y al caer la noche regresó y se puso a escribir:

«Wilhelm, he visto por última vez el campo y el bosque y el cielo. ¡Adiós a ti también! Querida madre, ¡perdonadme! ¡Consuélala, Wilhelm! ¡Que Dios os bendiga! Todos mis asuntos están en orden. ¡Adiós! Nos veremos otra vez y más alegres».

«Te he pagado mal, Albert, y tú me perdonarás. He destruido la paz de tu hogar. He sembrado la desconfianza entre vosotros. ¡Adiós! Quiero acabar con ello. ¡Oh! ¡Si con mi muerte fuerais felices! ¡Albert! ¡Albert! ¡Haz feliz a ese ángel! Y que la bendición de Dios descienda así sobre ti».

Aún anduvo mucho tiempo revolviendo aquella noche entre sus papeles, rompió muchos de ellos y los arrojó a la chimenea. Selló algunos paquetes con la dirección de Wilhelm. Contenían pequeñas composiciones, pensamientos sueltos, algunos de los cuales he visto, y después de que hacia las diez mandara echar leña al fuego y de que le trajeran una botella de vino, envió al criado, cuyo aposento, como el del resto del personal de la casa, se encontraba muy alejado, en la parte trasera, a acostarse, lo que hizo vestido, para estar dispuesto ya muy de mañana, pues su señor había dicho que los caballos de posta estarían delante de la casa antes de las seis.

«Después de las once

Todo está tan silencioso a mi alrededor, y mi alma tan serena. Te agradezco, Señor, que concedas a este último instante este calor, esta fuerza.

Me asomo a la ventana, querida mía, y veo, aún veo, a través de las nubes que pasan trayendo tormenta, algunas estrellas del cielo eterno. ¡No, vosotras no caeréis! El Eterno os lleva en su corazón. Y a mí. Veo las estrellas que forman la lanza del Carro, la preferida entre todas las constelaciones. Cuando por las noches salía de tu casa, al pasar por el portón, allí estaba, sobre mí. ¡Con qué embriaguez la he contemplado a menudo! ¡A menudo, alzando las manos, la convertí en un símbolo, en la marca sagrada de mi dicha de entonces! Y aún... ¡Oh, Lotte! ¡Qué habrá que no me recuerde a ti! ¿Acaso no me rodeas tú por todas partes? ¿Y no me he apoderado, como un niño, insaciable, de cualquier pequeñez que tú, mi santa, hubieras tocado?

¡Adorada silueta! Te la devuelvo, Lotte, y te ruego que la veneres. Miles, miles de besos he estampado en ella. Mil saludos la he dirigido al salir de casa o al regresar.

He pedido a tu padre en una nota que proteja mi cadáver. En el camposanto hay dos tilos, al fondo, en un rincón, mirando hacia el campo. Allí quiero reposar. Él puede, lo hará por su amigo. Pídeselo tú también. No quiero que los devotos cristianos tengan que yacer junto al cuerpo de un pobre infeliz. ¡Ah! Quisiera que me enterraseis al borde del camino. O en un valle solitario. Y que los sacerdotes y los levitas [40], al pasar junto a la piedra marcada, se santigüen, y que el samaritano derrame una lágrima.

¡Mira, Lotte! No me estremezco al tomar el frío y terrible cáliz, del que he de beber el éxtasis de la muerte. Tú me lo alcanzaste y yo no vacilo. ¡Todo! ¡Todo! Así se colman todos los deseos y esperanzas de mi corazón. Llamar a las férreas puertas de la muerte tan fría, tan rígidamente.

¡Si hubiera podido tener la dicha de morir por ti! ¡Lotte! ¡De sacrificarme por ti! Moriría animado, contento, sabiendo que podía devolverte la calma, la alegría de vivir. Pero, ¡ay!, únicamente a unos pocos nobles se les concede el poder derramar su sangre por los suyos y con su muerte avivar en sus amigos la llama de una vida nueva, centuplicada.

Con estas ropas, Lotte, deseo ser enterrado. Tú las has tocado, santificado. También se lo he pedido a tu padre. Mi alma se cierne sobre el ataúd. Que no rebusquen en mis bolsillos. Aquel lazo de color rojo pálido que tú llevabas en el pecho cuando te encontré por primera vez entre los niños... ¡Oh! Dales mil besos y cuéntales el destino que tuvo su desventurado amigo. ¡Mis queridos niños! Pululan a mi alrededor. ¡Ah! ¡Cómo me uní a ti! ¡Desde el primer instante no pude dejarte! Este lazo quiero que sea enterrado conmigo. ¡Me lo regalaste por mi cumpleaños! ¡Con qué ansia devoraba todo aquello! ¡Ah! No sabía que aquel camino me habría de llevar hasta aquí. ¡Ten calma! Te lo ruego. ¡Ten calma!

Están cargadas... ¡Dan las doce! ¡Sea, pues! ¡Lotte! ¡Lotte! ¡Adiós! ¡Adiós!».

---

[40]   Se refiere a la parábola del buen samaritano: véase Lucas, 10, 30-37. *(N. de la T.)*

Un vecino vio el fogonazo y oyó el disparo, pero como todo permaneció en silencio, no le prestó mayor atención.

Por la mañana, hacia las seis, entró el criado con una luz. Encontró a su amo en el suelo, la pistola y sangre. Llama, le coge. Ninguna respuesta, ya está agonizando. Corre a buscar al médico, a Albert. Lotte oye sonar la campanilla. Un temblor recorre todos sus miembros. Despierta a su marido. Se levantan. El criado, sollozando y balbuceando, trae la noticia. Lotte cae desmayada a los pies de Albert.

Cuando el médico llegó junto al infortunado, lo encontró en el suelo, sin salvación posible. El pulso latía. Todos los miembros estaban paralizados. Se había disparado en la cabeza, sobre el ojo derecho, saliéndosele la masa encefálica. Le abrieron una vena en un brazo. La sangre corrió. Seguía respirando.

Por la sangre en el respaldo del asiento se pudo deducir que había consumado su acción sentado ante el escritorio. Después se había desplomado, agitándose en medio de las convulsiones en torno al sillón. Yacía postrado de espaldas frente a la ventana, completamente vestido y con las botas puestas, el frac azul y el chaleco amarillo.

La casa, el vecindario, la ciudad, se alborotaron. Albert entró. Habían colocado a Werther sobre el lecho, vendándole la frente. Su rostro era ya como el de un muerto. No movía un solo miembro. Los pulmones aún estertoraban de un modo horrible, tan pronto débilmente, tan pronto más fuerte. Se esperaba su fin.

Del vino, únicamente había bebido una copa. Un ejemplar de *Emilia Galotti*[41] estaba abierto sobre el atril.

De la consternación de Albert, de la desesperación de Lotte, permitidme que no diga nada.

El viejo administrador, al recibir la noticia, acudió de inmediato y besó al moribundo con las más ardientes lágrimas. Sus

---

[41]   La muerte de su protagonista es en lo único que se parece la tragedia de *Emilia Galotti* a la de *Werther*. La obra de Lessing representa la muerte consentida de una hija por su padre para salvaguardar su honor.

hijos mayores llegaron poco después que él, andando. Se postraron junto a la cama, expresando el más irrefrenable dolor. Le besaron las manos y la boca, y el mayor, el que más le había querido siempre, estuvo pendiente de sus labios, hasta que hubo expirado y entonces tuvieron que alejarle de allí a la fuerza. Murió hacia las doce del mediodía.

La presencia del administrador y las disposiciones por él adoptadas aplacaron un tumulto. Por la noche, hacia las once, mandó que le enterraran en el lugar que él mismo había elegido. El viejo iba tras el cadáver. Y sus hijos. Albert no pudo. Se temía por la vida de Lotte. Unos artesanos lo llevaron. Ningún clérigo le acompañaba [42].

---

[42] Los entierros en el XVIII tenían lugar habitualmente por la noche. Por los suicidas no se celebraban oficios mortuorios, mas, como muestra de cierta tolerancia incipiente, se empezó a permitir a finales de este siglo inhumarlos en sagrado, eso sí, en un lugar especialmente destinado a ello.